# Os Três Mosqueteiros

Alexandre Dumas

Recontada por Silvana Salerno

Ilustrada por Laurent Cardon

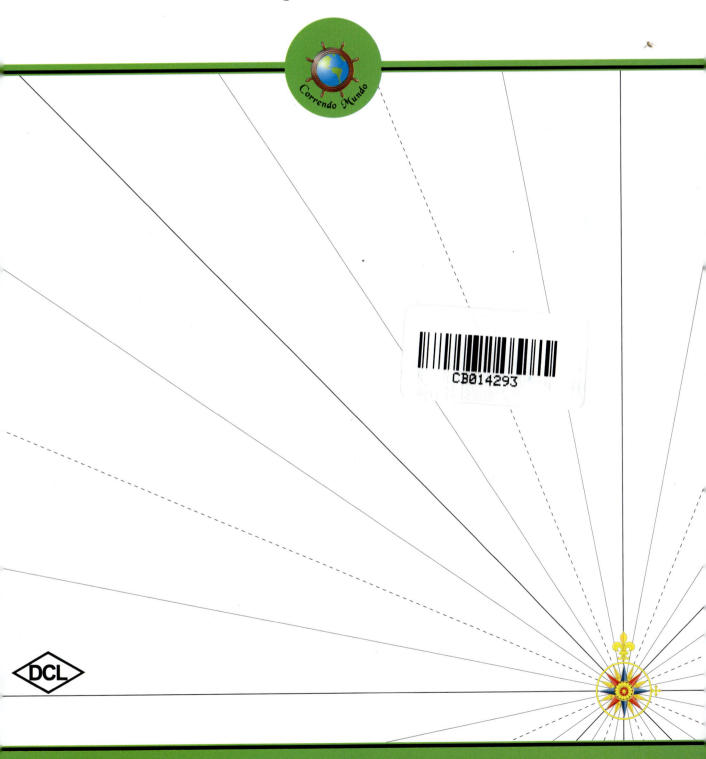

DCL

Copyright © 2011 do texto: Silvana Salerno
Copyright © 2011 das ilustrações: Laurent Cardon
Copyright © 2011 da Editora DCL – Difusão Cultural do Livro

DIRETOR EDITORIAL: Raul Maia Junior

EDITORA DE LITERATURA: Daniela Padilha

EDITORA ASSISTENTE: Eliana Gagliotti

REVISÃO: Nina Rizzo
Ana Maria Barbosa

ILUSTRAÇÕES: Laurent Cardon

DIAGRAMAÇÃO: Daniela Máximo

**Texto em conformidade com as novas regras
ortográficas do acordo da língua portuguesa**

**Dados Internacionais de Catalogação na Publicação (CIP)
(Câmara Brasileira do Livro, SP, Brasil)**

Salerno, Silvana
    Os três mosqueteiros / Alexandre Dumas ; [adaptação de]
Silvana Salerno ; [ilustrações Laurent Cardon]. – São Paulo :
DCL, 2011. – (Coleção correndo mundo)

ISBN 978-85-368-1159-8

1. Literatura infantojuvenil I. Dumas, Alexandre, 1802-1870. II.
Cardon, Laurent. III. Título. IV. Série.

11-04372                                         CDD-028.5

**Índices para catálogo sistemático:**
1. Literatura infantil 028.5
2. Literatura infantojuvenil 028.5

1ª edição

Editora DCL – Difusão Cultural do Livro
Av. Marquês de São Vicente, 1.619 – 26º andar – Conj. 2612
Barra Funda – São Paulo – SP – 01139-003
Tel.: (0xx11) 3932-5222
www.editoradcl.com.br

"Em respeito ao meio ambiente, as folhas deste livro
foram produzidas com fibras obtidas de árvores de
florestas plantadas, com origem certificada"
*Este livro foi produzido na Oceano Industria Gráfica
e Editora Ltda. CNPJ: 67.795.906/0001-10*

Querida leitora, querido leitor,
este romance histórico é tão
envolvente que você vai entrar
na história  e passar a viver na
França do século XVII entre reis e
rainhas, políticos, gente do povo e
especialmente os mosqueteiros do rei,
os maiores aventureiros de todos.
Boas aventuras!

Silvana

# Um por todos, todos por um

*Os Três Mosqueteiros* é o romance histórico mais lido e mais querido que existe. Um romance histórico é aquele que aborda uma fase da história e mistura realidade e fantasia. Ele se passa há quatrocentos anos na França, durante o reinado de Luís XIII, que era casado com a rainha Ana da Áustria e tinha como primeiro-ministro o poderoso cardeal Richelieu.

Os mosqueteiros e os guardas do rei eram inimigos dos guardas do cardeal e brigavam muito. Os duelos eram proibidos – mas quem se importava com isso? Eles usavam capas e eram espadachins – lutavam com espadas –, por isso esse tipo de romance é chamado de "capa-e-espada".

Interessante é saber que os três mosqueteiros existiram mesmo, assim como o jovem D'Artagnan, que se uniu a eles, tornando-se o quarto mosqueteiro. Juntos, eram invencíveis. Aliavam inteligência, sagacidade, habilidade e coragem e criaram o lema: "Um por todos, todos por um".

A França e a Inglaterra eram inimigas históricas. Neste livro, vocês poderão acompanhar bem essa rivalidade: são várias as aventuras que os mosqueteiros protagonizam envolvendo os reis dos dois países. É muito saboroso entrar na vida de reis e rainhas, ministros, soldados e gente do povo em pleno século XVII. O enredo é tão envolvente, que parece que estamos vivendo naquela época.

*Os Três Mosqueteiros* é uma obra que eu adoro. Li este livro quando estava no colégio e gostei muito. Aos 23 anos, li novamente, fazendo a revisão de texto para uma editora, e agora escolhi este romance de aventuras para traduzir do francês e adaptá-lo. Foi um grande prazer para mim este trabalho e tenho certeza de que vocês também vão se divertir. Boa leitura!

Silvana Salerno

# Sumário

1. Um jovem do interior chega à capital — 8

2. O capitão dos mosqueteiros — 13

3. O gascão se mete em encrencas com os mosqueteiros — 16

4. A disputa entre os mosqueteiros do rei e os guardas do cardeal — 18

5. Quem eram Atos, Portos e Aramis — 22

6. A ponta do novelo começa a se desenrolar — 23

7. A armadilha — 27

8. O duque de Buckingham — 32

9. O comerciante e o cardeal — 35

10. Como Tréville conseguiu livrar D'Artagnan — 39

11. As intrigas do terrível cardeal Richelieu — 42

12. A missão especial — 50

13. A viagem — 54

14. Novos imprevistos em Londres — 58

15. O baile dos mascarados — 61

16. O encontro — 63

17. O que aconteceu em Saint-Cloud — 66

18. A boa vida de Portos e a vocação de Aramis — 68

19. Uma história de amor na vida de Atos — 73

20. Ingleses e franceses, uma briga histórica — 80

21. D'Artagnan descobre o segredo de Milady — 86

22. Duas cartas inesperadas — 90

23. O cerco de La Rochelle — 94

24. Marido e mulher se reencontram — 98

25. O conselho dos mosqueteiros — 99

26. A prisão e a traição — 101

27. Enquanto isso, na França... — 107

28. Uma vingança cruel — 110

29. O julgamento — 114

30. O encontro de D'Artagnan com Richelieu — 117

Além da história — 121

Quem escreveu Os Três Mosqueteiros — 123

Literatura de capa e espada — 125

O Romantismo no Brasil — 126

Silvana Salerno e Laurent Cardon — 128

# 1. Um jovem do interior chega à capital

Aos dezoito anos, D'Artagnan decidiu deixar a aldeia onde nasceu, na região da França chamada Gasconha, para tentar a sorte em Paris. Corajoso e decidido, viajava com uma carta que seu pai lhe dera para um amigo de infância, que era o capitão dos mosqueteiros.

Montado num cavalo de pelo amarelo que trotava bem mas era feio e desengonçado, D'Artagnan parecia um dom-quixote, sempre com a espada em punho. Em Meung, parou em uma estalagem para descansar. Um cavalheiro mal-encarado ridicularizou o pangaré, e todos à sua volta caíram na risada.

– Senhor, de que está rindo?

– É a cor desse cavalo... – disse o homem rindo e dando as costas para ele.

– Pode rir do cavalo, mas que não ria do cavaleiro! – disse D'Artagnan lançando-se sobre o desconhecido. Imediatamente, o pessoal da estalagem caiu em cima de D'Artagnan e deu-lhe uma tremenda surra.

– Esses gascões metidos a valentes são um inferno! Que ele monte no seu cavalo e vá embora! – disse o desconhecido.

– Não antes de o matar! – exclamou D'Artagnan.

– Mas que fanfarrão!

D'Artagnan não era homem de desistir; lutou ainda contra os quatro homens, mas afinal deixou cair a espada, que uma paulada partiu ao meio. Recebeu outra paulada na cabeça e caiu, desmaiado e cheio de sangue. Com medo de um escândalo, o estalajadeiro levou o rapaz para dentro, onde lhe fizeram curativos.

– Como vai esse valentão? – veio saber o desconhecido.

– Está melhor – disse o estalajadeiro.

– É o diabo em pessoa!

– Não, é só um valentão. No bolso do casaco, só tem doze escudos e uma carta para o senhor de Tréville.

Aquele nome causou impacto no desconhecido.

– Onde ele está?

– No quarto de minha mulher – respondeu o estalajadeiro. Naquela época, os casais dormiam em quartos separados.

– Muito bem. Prepare a minha conta e sele um cavalo. Vou partir agora.

O estalajadeiro ficou com raiva de perder aquele bom cliente; foi ao quarto onde estava D'Artagnan e disse que ele devia ir embora antes que a polícia aparecesse.

Com um pano enrolado na cabeça e ainda meio tonto, o rapaz saiu da estalagem. No pátio, havia uma carruagem com uma mulher muito bonita. O desconhecido falava com ela. Era loura e de olhos azuis, muito diferente das mulheres do sul da França. D'Artagnan ficou impressionado com aquela beleza de outro tipo. Continuou observando e ouviu o seguinte diálogo entre eles:

– Quer dizer que o cardeal mandou... – disse a moça.

– ... a senhora voltar o mais rápido possível para a Inglaterra. Se o duque de Buckingham sair de Londres, avise imediatamente o cardeal.

– E o senhor? Não vai dar uma lição naquele jovem?

Nesse momento, D'Artagnan entrou na conversa:

– Atenção, cavalheiro! Espero que não fuja na frente de uma mulher.

O desconhecido ia desembainhar a espada quando a moça disse:

– Não se esqueça de que qualquer atraso arruinará nossos planos.

– Tem razão. Não vou perder tempo com bobagens – disse ele.

Fez sinal ao cocheiro, que chichoteou os cavalos da carruagem, e eles saíram a galope.

D'Artagnan foi galopando atrás da carruagem, mas não aguentou o esforço e caiu no chão.

– É um covarde, mesmo! – concordou o estalajadeiro.

– Mas ela... que beleza! – exclamou o rapaz, desmaiando de novo.

No dia seguinte, às cinco horas da manhã, D'Artagnan se levantou e foi à cozinha. Pediu diversos ingredientes, como vinho, azeite e alecrim, e preparou o bálsamo que sua mãe lhe ensinara. No outro dia, já estava quase restabelecido, pronto para partir. Quando enfiou as mãos no bolso para pagar, o dinheiro estava lá, mas a carta tinha desaparecido. Ele explodiu de raiva, ameaçando destruir a estalagem se a carta não aparecesse.

— A carta é para o senhor de Tréville, o capitão dos mosqueteiros! Se ela não aparecer, ele próprio mandará procurá-la.

Ao ouvir isso, o estalajadeiro pôs-se a ajudar o rapaz na busca. Tréville era a pessoa de maior influência no reino depois do rei e do primeiro-ministro, o cardeal Richelieu.

D'Artagnan revirava o quarto feito louco.

— Mas, afinal, o que diz a carta? — perguntou o estalajadeiro.

— Essa carta é a minha fortuna!

De repente, os olhos do estalajadeiro brilharam:

— Ela foi roubada... pelo cavalheiro que estava aqui, ontem. Contei a ele que o senhor tinha uma carta para o capitão dos mosqueteiros. Depois disso, ele foi à cozinha, onde estavam suas roupas. Aposto que foi ele!

— Vou contar o que aconteceu ao senhor de Tréville e ele contará ao rei — disse D'Artagnan se despedindo.

No século XVII, as cidades eram rodeadas por muros, ao longo dos quais havia várias portas que ficavam fechadas à noite. Pois bem, quando ele chegou à Porta de Santo Antônio, na entrada de Paris, vendeu o cavalo por três escudos, que era um bom dinheiro. A cor diferente do animal foi o motivo do bom preço. Quem diria!

Portanto, D'Artagnan entrou a pé em Paris e caminhou até encontrar um alojamento barato. Então, foi ao Cais dos Ferroviários, onde mandou colocar uma lâmina nova na espada. Descobriu que o Regimento dos Mosqueteiros era bem próximo à pensão onde estava hospedado e foi para seu quarto dormir.

Tréville tinha chegado a Paris como D'Artagnan: quase sem dinheiro, mas cheio de audácia e inteligência. Seu pai trabalhara para o rei Henrique IV e ele trabalhava para Luís XIII, filho de Henrique IV. Tréville se destacara tanto pela lealdade e pelos bons serviços que fora nomeado capitão dos mosqueteiros do rei.

Quando o cardeal Richelieu viu a guarda especial que o rei havia criado, também quis ter a sua. A equipe do rei e a do cardeal, formadas pelos melhores espadachins do reino, logo se tornaram rivais. Tanto o rei como o cardeal condenavam publicamente os duelos, mas, na verdade, estimulavam seus homens a brigar. Os mosqueteiros do rei eram um grupo endiabrado que vivia pelas ruas e tavernas falando alto. Estavam sempre desafiando os guardas do cardeal.

Visto de fora, o Regimento dos Mosqueteiros parecia um acampamento militar. No pátio, cinquenta mosqueteiros se revezavam em turnos, armados como se fossem para a guerra. No seu gabinete, Tréville recebia visitas, dava ordens e ouvia queixas.

Ao passar pelos mosqueteiros, o coração de D'Artagnan disparou. Pela primeira vez, sentia-se ridículo. Na escada, quatro rapazes duelavam; lá dentro, falavam sobre a vida da corte. D'Artagnan ficou chocado. O cardeal, que fazia tremer a Europa com sua política externa, era ridicularizado por eles.

O rapaz pediu uma audiência com o capitão. Enquanto esperava, teve tempo para observar o que se passava ao redor. Um mosqueteiro chamou sua atenção. Usava uma capa de veludo vermelho e queixava-se de ter se resfriado. Os outros admiravam seu talabarte – a tira que se pendurava atravessada no peito para segurar a espada. Era bordado a ouro.

– Portos, este talabarte deve ter sido presente da moça com quem você passeava no domingo, não? – comentou um mosqueteiro.

– De jeito nenhum! Fui eu que comprei, não é mesmo, Aramis?

Esse mosqueteiro contrastava totalmente com Portos. Tinha uns vinte e dois anos, traços bonitos e delicados; falava pouco e não gritava nem ria alto como os outros. Respondeu ao amigo apenas com um sinal de cabeça. Portos era direto e exaltado; Aramis, discreto e espirituoso.

– Dizem que o duque de Buckingham está na França – comentou Aramis.

– Que língua ferina, Aramis! Para quem queria ser padre...

– Ainda vou fazer parte da Igreja, Portos. Só adiei minha vocação.

Nesse momento, a porta do gabinete se abriu e todos se calaram. Um funcionário anunciou que o senhor de Tréville iria receber D'Artagnan.

# 2. O capitão dos mosqueteiros

Ao ouvir o sotaque gascão de sua terra natal, Tréville sorriu. Antes de iniciar a conversa, porém, chamou Atos, Portos e Aramis.

Os dois últimos responderam ao chamado.

— Sabem o que o rei me disse ontem à noite? Que vai passar a recrutar os mosqueteiros entre os guardas do cardeal.

— Entre os guardas do cardeal?! — exclamou Portos. — E por quê?

— Porque eles são melhores.

Os mosqueteiros ficaram vermelhos.

— Ontem à noite, enquanto jogava xadrez com o rei, o cardeal contou-lhe que os mosqueteiros haviam feito tamanha bagunça numa taverna que os seus guardas tinham sido obrigados a prendê-los! — exclamou Tréville. — E vocês estavam lá!

Tréville fez uma pausa. Na sala, o silêncio era absoluto.

— E Atos, onde está?

— Atos está com varíola — respondeu Aramis.

— Varíola? Na idade dele? — disse Tréville. — Ele deve estar ferido ou até morto. Não quero que meus homens sirvam de gozação aos guardas do cardeal, que têm fama de bem-comportados, mas na verdade são é espertos e nunca se deixam prender. São mais capazes de morrer que de bater em retirada. Enquanto isso, os mosqueteiros do rei não se arriscam, se rendem na luta e até fogem!

— Meu capitão — disse Portos —, fomos surpreendidos. Os guardas do cardeal atacaram traiçoeiramente. Antes que tivéssemos tempo de desembainhar a espada, dois dos nossos estavam mortos e Atos gravemente ferido. Mas nós não nos rendemos; eles nos arrastaram à força e nós fugimos antes de chegar à prisão.

— Pensaram que Atos estivesse morto e o deixaram no meio da estrada.

— Eu pus um guarda fora de combate com sua própria espada porque a minha se quebrou no início da luta – disse Portos.

— Não sabia disso – disse Tréville, mais calmo. – O cardeal exagerou.

— Por favor, não comente que Atos foi ferido, para que isso não chegue aos ouvidos do rei. O ferimento dele é grave: a espada atravessou o ombro e atingiu o peito.

Nesse momento, a porta foi aberta. Um homem extremamente pálido entrou.

— Atos! – exclamaram os três.

— O senhor me chamou, eu estou aqui! – disse ele com voz fraca.

Comovido com essa demonstração de coragem, Tréville disse:

— Estava dizendo que os mosqueteiros não deviam expor a vida sem necessidade – e apertou calorosamente a mão de Atos.

Atos deu um suspiro, ficou ainda mais pálido e desmaiou.

O médico foi chamado e declarou que o estado de saúde dele era grave, pois tinha perdido muito sangue. Tréville pediu que todos saíssem da sala e fez sinal a D'Artagnan para que ficasse.

— Que posso fazer pelo filho de um grande amigo? – perguntou.

— Vim a Paris com a intenção de pedir para ser mosqueteiro, mas, pelo que percebi aqui, esse seria um favor grande demais.

— É um favor muito grande, sim. Para se tornar mosqueteiro, é preciso ter feito atos de bravura e ter servido durante dois anos, no mínimo, em outra companhia. Vou apresentá-lo por carta ao diretor da Academia Militar Real, onde você vai aprender esgrima, equitação e dança.

— Senhor capitão, percebo agora como teria sido importante ter a carta de apresentação que meu pai escreveu para o senhor e que foi roubada.

D'Artagnan contou suas aventuras na cidade de Meung. O capitão perguntou se o desconhecido era um homem alto e bonito, com uma cicatriz no rosto.

— Isso mesmo – respondeu D'Artagnan. – Se o senhor o conhece, por favor, diga-me onde posso encontrá-lo. Preciso me vingar!

– Fique longe dele! – disse o capitão muito sério. – É um conselho de amigo.

Enquanto Tréville escrevia a carta, D'Artagnan olhava pela janela. De repente, ele saiu correndo do gabinete do capitão dos mosqueteiros, gritando:

– O ladrão! Desta vez ele não escapa!

# 3. O gascão se mete em encrencas com os mosqueteiros

D'Artagnan corria feito um louco para não perder o desconhecido, quando deu um encontrão em um dos mosqueteiros que estava no gabinete do capitão.

– Desculpe-me – disse ele –, estou com muita pressa.

– Você me machuca, pede desculpas e acha que é só isso? Como ouviu a conversa que o capitão teve conosco, acha que pode nos tratar dessa forma?

Ao olhar para aquele rosto pálido, D'Artagnan reconheceu Atos, que tinha se recuperado e voltava para casa.

– Esbarrei no senhor sem querer – disse D'Artagnan. – Peço desculpas, mas tenho de tratar de negócios com urgência.

– Você não é nada educado – disse Atos de mau humor. – Bem se vê que vem de fora, que não é da capital.

Ao ouvir isso, D'Artagnan se irritou.

– Vim de longe, mas não acho que o senhor possa me dar aulas de educação.

– Se não tivesse tanta pressa, poderíamos marcar um duelo... – disse Atos.

– É para já! – respondeu D'Artagnan. – Onde será?

– Na frente do Convento das Carmelitas, ao meio-dia.

– Estarei lá! – respondeu o gascão.

No portão principal, Portos conversava com uma sentinela, ocupando a passagem. D'Artagnan passou entre os dois como uma flecha! O vento levantou a capa de Portos, que se enrolou no corpo de D'Artagnan. Portos puxou a capa e D'Artagnan veio junto com ela.

– Seu louco! – exclamou Portos. – Isso é modo de passar pelas pessoas?

– Desculpe-me – pediu D'Artagnan desembaraçando-se da capa. – Estou correndo atrás de uma pessoa.

– Mais tarde, quando estiver sem pressa, poderemos marcar um duelo...

– Podemos marcar já!

– Então, à uma hora da tarde, atrás do Palácio de Luxemburgo.

– Muito bem, à uma hora!

D'Artagnan afastou-se e olhou atentamente a rua, mas não viu mais o homem que procurava. Enquanto caminhava, refletia sobre os últimos acontecimentos. Primeiro, havia saído bruscamente do gabinete de Tréville sem dar explicações, o que com certeza o deveria ter desagradado. Em seguida, provocara duelos com dois mosqueteiros experientes. Quanta bobagem em tão pouco tempo!

Ele tinha certeza de que seria morto por Atos e pensava: "Que azar! De agora em diante, vou procurar ser mais gentil".

Nesse instante, viu Aramis conversando com três guardas. Para mostrar que era educado, aproximou-se do grupo. Imediatamente, eles interromperam a conversa.

D'Artagnan sentiu que sua presença não era bem-vinda, mas não sabia como sair dessa situação. Percebeu que Aramis deixara cair um lenço e que por descuido estava pisando em cima dele; abaixou-se para pegá-lo, dizendo:

– O seu lenço caiu no chão.

Aramis ficou vermelho e arrancou o lenço das mãos do gascão.

– Agora que a senhora de Bois-Tracy lhe deu este lenço, você não pode mais negar que está apaixonado por ela – disse um dos guardas.

Aramis negou. Os guardas riram e se afastaram.

– Peço desculpas – disse D'Artagnan.

– Você não agiu como um cavalheiro – disse Aramis.

– Já pedi desculpas.

– Você me provocou... mas só luto quando sou obrigado.

– Comigo é o contrário. Como gascão, prefiro o duelo à prudência.

– Pois muito bem: esteja às duas horas da tarde aqui.

"Não conseguirei escapar", pensou D'Artagnan, "mas, se eu morrer, será pelas mãos de um mosqueteiro!"

# 4. A disputa entre os mosqueteiros do rei e os guardas do cardeal

Era quase meio-dia. Quando D'Artagnan chegou ao Convento das Carmelitas, Atos já estava lá.

– Convidei dois amigos como padrinhos, mas eles estão atrasados.

– Não tenho padrinhos – disse D'Artagnan. – Cheguei ontem a Paris e só conheço o senhor de Tréville, que é amigo do meu pai.

"Nesse caso, se eu matasse esse rapaz, seria um assassino", pensou Atos.

– Ah! Finalmente! Aí vem Portos!

– O senhor Portos é seu padrinho? – perguntou D'Artagnan.

– É; e lá vem vindo meu segundo padrinho.

Ao ver Aramis, o gascão ficou mais surpreso ainda.

– Por que essa surpresa? – perguntou Atos. – Não sabia que somos inseparáveis? Somos conhecidos como "os três mosqueteiros".

– O que faz este rapaz aqui? – perguntou Portos ao ver D'Artagnan.

– É com ele que vou me bater – disse Atos.

– Tenho um duelo com ele daqui a uma hora – disse Portos.

– E eu marquei com ele daqui a duas horas – disse Aramis se aproximando.

– Peço desculpas se não puder me bater com os três – disse D'Artagnan –, o senhor Atos tem o direito de me matar primeiro.

Atos e D'Artagnan iam iniciar o duelo quando chegaram os guardas do cardeal.

– Alto lá, mosqueteiros! – gritou Jussac, chefe da guarda. – É proibido duelar!

– Se nós víssemos os seus guardas em duelo, não nos meteríamos – disse Atos.

– A lei proíbe o duelo! Tenho de prendê-los – disse Jussac.

Atos e Aramis puxaram as espadas.

– Eles são cinco e nós somos três! – disse Atos em voz baixa.

Na hora, D'Artagnan decidiu de que lado ficava. Era uma escolha definitiva, e entre o rei e o cardeal ele escolheu o rei.

– Somos quatro! Ainda não tenho o uniforme, mas sou mosqueteiro de coração.

Cada mosqueteiro lutava com um guarda. Aramis enfrentava dois e D'Artagnan ficou com Jussac, um dos melhores espadachins de Paris, que teve dificuldade para se defender daquele rapazinho ágil, que se desviava dos golpes aos pulos e atacava por todos os lados ao mesmo tempo. Essa tática irritou Jussac; ele investiu contra D'Artagnan de qualquer jeito e foi atingido por ele.

D'Artagnan olhou para os lados. Aramis já tinha derrubado um adversário e lutava com outro. Portos e seu adversário estavam feridos e continuavam a lutar. Atos foi ferido de novo na mão direita e, muito pálido, atacava com a esquerda. O gascão percebeu que Atos precisava de ajuda e pulou para o seu lado.

– É a minha vez! – disse D'Artagnan. – Vou matá-lo, senhor guarda!

– Não! – gritou Atos. – Só tire a espada dele.

D'Artagnan arrancou a espada do adversário; os dois correram para pegá-la, mas o gascão foi mais rápido. O guarda pegou a espada de um colega ferido e lançou-se sobre D'Artagnan, mas Atos atravessou a garganta dele.

Então, Jussac deu ordem aos guardas sobreviventes para se retirarem.

Os mosqueteiros carregaram os feridos para o convento e saíram contentes, levando para o capitão dos mosqueteiros as espadas dos adversários como troféu. Iam os quatro, de braços dados, alegres como crianças.

– Ainda não sou mosqueteiro – disse D'Artagnan –, mas acho que comecei bem o meu aprendizado, não?

Todos concordaram, rindo.

A luta dos mosqueteiros do rei com os guardas do cardeal foi o assunto do dia. Tréville cumprimentou os rapazes. À noite, encontrou Luís XIII de ótimo humor.

Quando ficaram a sós, o rei perguntou o que havia acontecido.

– Três dos meus melhores mosqueteiros e um rapazinho que acaba de chegar da Gasconha estavam passando perto do Convento das Carmelitas quando foram atacados por Jussac e mais quatro guardas. Um dos mosqueteiros estava gravemente ferido. Mesmo assim, eles puseram quatro guardas fora de combate.

– Dos quatro homens, um estava ferido e o outro era um garoto? Isso é uma vitória! – exclamou o rei, satisfeito. – Como se chama esse rapaz?

– D'Artagnan. É filho de um velho amigo meu, que lutou na Guerra Civil, durante o reinado de seu pai, o rei Henrique IV. Como ele era muito novo, os guardas do cardeal pediram que se afastasse da luta, mas foi ele justamente que derrubou Jussac – disse Tréville.

– Traga esse rapaz aqui, amanhã. Aliás, traga os quatro, mas entre pelos fundos. Os duelos são proibidos, e o cardeal não precisa saber desse encontro.

No dia seguinte, Atos, Portos, Aramis e D'Artagnan foram jogar bola, mas Atos se sentiu mal e teve de sair do jogo. D'Artagnan ficou sozinho contra os outros dois. Como Portos jogava com muita força, D'Artagnan decidiu desistir do jogo antes que uma bolada o machucasse e ele perdesse a audiência com o rei.

Entre as pessoas que assistiam ao jogo, estava Bernajoux, um dos guardas do cardeal que lutara com eles e não via o momento de se vingar da derrota.

– Não é de estranhar que ele tenha medo da bola; é aprendiz de mosqueteiro.

D'Artagnan não levava desaforo para casa. Na hora, propôs duelo a Bernajoux, que ficou surpreso, pois, como era muito briguento, ninguém se metia com ele.

O duelo começou. Os dois lutavam para valer. D'Artagnan feriu três vezes o adversário, mas ele não desistiu, até que acabou desmaiando.

A casa do duque de Trémouille – amigo do cardeal – ficava em frente ao campo em que eles lutavam. Os amigos de Bernajoux gritaram por socorro e logo os criados do duque acorreram. Atos, Portos e Aramis fizeram o mesmo. Num instante, os mosqueteiros que estavam por perto correram para ajudar. Foi uma confusão geral, mas os mosqueteiros ganharam e os guardas bateram em retirada.

O sino da igreja bateu onze horas. Atos, Portos, Aramis e D'Artagnan correram ao encontro de Tréville, para irem juntos ao Louvre, que era o palácio real. Chegando lá, ficaram decepcionados ao saber que o rei tinha ido caçar.

Tréville logo deduziu que o rei deveria saber da nova briga. Aconselhou os mosqueteiros a irem para casa e foi ver o ferido na casa do duque de Trémouille. Bernajoux estava muito mal e contou a verdade: ele tinha provocado o duelo.

Com essa informação, Tréville foi ao palácio real. O rei estava de mau humor.

– Veio me dizer que foi feita justiça e que os baderneiros estão presos? – perguntou Luís XIII.

– Ao contrário, venho lhe pedir justiça contra quem inventou essa mentira.

– Vai negar que os seus mosqueteiros com o rapaz da Gasconha atacaram furiosamente o coitado do Bernajoux?

– Quem lhe contou isso? – perguntou Tréville.

– Quem me disse isso foi meu único amigo e servidor: o cardeal!

– O cardeal está mal informado, senhor.

– Quem contou essa história ao cardeal foi o duque de Trémouille.

– Gostaria que Vossa Majestade o interrogasse sem testemunhas.

Na manhã seguinte, o capitão dos mosqueteiros foi conversar com o duque de Trémouille.

Em seguida, o rei convocou o duque, que confirmou que a culpa da briga era de Bernajoux. Então, ele mandou chamar Tréville e os mosqueteiros.

– Quer dizer que vocês derrubaram sete guardas do cardeal em dois dias? – disse o rei, eufórico. – Foi você que derrubou Jussac, o chefe da guarda do cardeal, e feriu Bernajoux? – perguntou a D'Artagnan.

– Sem a ajuda desse garoto, eu não estaria aqui neste momento – disse Atos.

Luís XIII deu quarenta pistolas, uma moeda francesa da época, para D'Artagnan.

– Aqui está a prova da minha satisfação – disse o rei entregando o dinheiro a D'Artagnan. – Tenho certeza de que posso contar com vocês.

E, em voz baixa, disse para Tréville:

– Como não há lugar no Regimento dos Mosqueteiros, coloque esse rapaz na Guarda Real.

Tréville fez um aceno de cabeça, concordando.

– Ah, Tréville! Estou imaginando como o cardeal vai ficar furioso quando souber de tudo isso!

*A disputa entre os mosqueteiros do rei e os guardas do cardeal*

# 5. Quem eram Atos, Portos e Aramis

Com o dinheiro que D'Artagnan ganhou, Atos sugeriu que ele encomendasse um bom jantar para todos.

Aos trinta anos, Atos era um homem bonito, discreto e inteligente que nunca falava de mulher. Ele morava com Grimaud, seu criado, em uma pensão. Ao lado dos móveis simples, destacavam-se objetos que demonstravam um passado rico.

Portos tinha um gênio completamente diferente: falava muito sobre assuntos superficiais. Era vaidoso e gostava de contar suas conquistas amorosas. Mousqueton, seu criado, trabalhava duas horas por dia em troca de roupa e moradia.

Ao contrário de Portos, cuja vida era conhecida de todos, Aramis era cheio de mistérios. Discretíssimo, não falava dos outros nem de si próprio. Dizia que seguia o exemplo de Atos e não tinha namorada. Morava em uma pequena casa com Bazin, seu criado, que era totalmente fiel ao patrão.

Por mais que se informasse, D'Artagnan não descobriu o verdadeiro nome deles. Só ficou sabendo que Atos tinha sofrido uma grande desilusão amorosa, da qual nunca se recuperara.

D'Artagnan ligou-se de tal modo a eles que dali em diante não eram mais três, e sim quatro amigos. Apesar de D'Artagnan servir na Guarda Real, sempre que possível fazia companhia aos outros quando eles estavam em serviço. Os amigos faziam o mesmo com ele, de modo que os quatro passavam a maior parte do tempo juntos.

# 6. A ponta do novelo começa a se desenrolar

D'Artagnan refletia sobre a situação deles e chegou à conclusão de que quatro moços ativos, corajosos e de boa vontade não deviam passar o tempo passeando ou lutando. Pensava nisso, quando bateram à porta. Planchet, seu criado, foi abri-la. Era um homem simples, que pediu para falar com D'Artagnan a sós.

– Vim procurá-lo porque ouvi falar que é muito corajoso – disse ele. – Minha mulher, que é camareira da rainha, foi raptada ontem do palácio.

– Quem a raptou?

– Desconfio de um homem que a persegue há muito tempo. Tenho certeza de que é um caso político, e não de amor.

– O que quer dizer com isso? – perguntou D'Artagnan.

– Acho que minha mulher foi raptada por causa de uma dama muito mais importante do que ela.

– A rainha? – perguntou D'Artagnan.

– Exatamente! – disse o homem em voz baixa. – E sabe por quê? Por causa do duque de Buckingham!

– Por que acha isso?

– Minha mulher me contou que a rainha está abandonada pelo rei, é espionada pelo cardeal e traída por todos. O cardeal não gosta dela e agora quer se vingar.

– Mas por quê?

– A rainha acha que escreveram uma carta em nome dela ao duque de Buckingham, para que ele viesse da Inglaterra a Paris e caísse numa cilada. Como minha mulher é muito dedicada à rainha, querem saber dela os segredos reais.

– Quem é esse homem que persegue sua mulher?

– Ele trabalha para o cardeal. É alto, moreno e tem uma cicatriz no rosto.

– É o homem de Meung! – exclamou D'Artagnan. – Sabe onde ele mora?

– Não sei.

– Droga! – disse D'Artagnan, exaltado. – Como ficou sabendo do rapto?

O homem mostrou um bilhete a D'Artagnan:

*Não procure sua mulher. Ela voltará logo, quando não for mais necessária. Se tentar encontrá-la, estará perdido.*

– Parece que já vi o senhor – disse D'Artagnan, observando-o melhor.

– Pudera! Sou o dono da casa onde mora... – disse Bonacieux.

– Como! – exclamou D'Artagnan levantando-se e fazendo uma reverência. – O senhor é o proprietário...?

– Sou. E como, desde que mudou, há três meses, ainda não pagou aluguel, e eu não reclamei, peço que agora me faça um favor. O senhor está sempre com os mosqueteiros, que estão do lado do rei e da rainha e gostariam de prejudicar o cardeal... Se eu não cobrasse aluguel enquanto morar na minha casa... e além disso lhe desse cinquenta pistolas...

D'Artagnan não respondeu. Viu um homem pela janela e saiu correndo do quarto. Na escada, encontrou os amigos, que vinham visitá-lo. Passou por eles como uma flecha, dizendo: – Desta vez, o homem de Meung não me escapa!

Os três mosqueteiros sabiam muito bem o que tinha acontecido com D'Artagnan em Meung: a discussão com aquele homem estranho, a bela inglesa na carruagem e o roubo da carta para o capitão dos mosqueteiros.

Atos e Portos entraram na casa de D'Artagnan e ficaram à espera dele. Pouco depois, chegou Aramis e, logo após, D'Artagnan voltou bufando de raiva.

– Esse homem é o diabo em pessoa! – disse D'Artagnan. Em seguida, pediu que o criado fosse buscar seis garrafas de bom vinho com o senhor Bonacieux.

– Quer dizer que você tem crédito com o proprietário? – perguntou Portos.

– A partir de hoje. E, se o vinho não for bom, pediremos outro!

– Eu sempre disse que D'Artagnan era a cabeça dos quatro – disse Atos.

O gascão aproveitou que o criado não estava para contar o que Bonacieux lhe dissera. E concluiu dizendo que o homem de Meung e o homem que raptara a mulher de Bonacieux eram o mesmo.

– Será que devemos nos arriscar por cinquenta pistolas? – comentou Atos.

– Lembrem-se de que há uma mulher raptada, talvez até torturada, simplesmente por ser fiel à patroa.

– Você está preocupado demais com a mulher de Bonacieux – disse Aramis.

– Estou preocupado é com a rainha! O rei a abandona, o cardeal a persegue e seus amigos são afastados. Ela está isolada!

– Por que ela gosta do que mais detestamos: a Espanha e a Inglaterra?

– Da Espanha ela tem de gostar, uma vez que nasceu lá. Não ouvi dizer que ela goste da Inglaterra, mas de um inglês: o duque de Buckingham – respondeu Atos.

– O proprietário contou que a rainha ficou sabendo que mandaram uma carta falsa ao duque, em nome dela, pedindo que ele viesse a Paris – comentou D'Artagnan.

– Devemos procurar a mulher de Bonacieux. Ela é a chave do enigma.

– É preciso negociar o preço antes – disse Portos.

Nesse momento, ouviram passos na escada. Bonacieux bateu à porta.

– Salvem-me, pelo amor de Deus! – gritou ele. – Vieram me prender!

Quatro guardas apareceram na porta do apartamento.

– Entrem! – convidou D'Artagnan. – Esta é a minha casa. Somos fiéis servidores do rei e do cardeal.

– Podemos cumprir as ordens que recebemos?

– Certamente! – respondeu D'Artagnan.

Houve um burburinho na sala. Bonacieux estava indignado.

– Para ajudá-lo, temos de estar em liberdade – disse D'Artagnan no ouvido do homem –, não podemos ser presos. Entrem – ele falou em seguida, em voz alta. – Não tenho motivos para defender este senhor. Nós nos conhecemos hoje. Ele subiu aqui para cobrar o aluguel.

Os guardas foram embora, levando Bonacieux. E D'Artagnan disse:

– Um por todos, todos por um, essa será a nossa divisa! – Agora, é melhor cada um ir para sua casa, como se nada tivesse acontecido. Estamos na mira do cardeal!

*A ponta do novelo* 25
*começa a se desenrolar*

# 7. A armadilha

A guarda do cardeal preparou uma armadilha: quatro policiais postados na frente da casa de Bonacieux prendiam e interrogavam todas as pessoas que batiam à porta. A casa tinha uma entrada lateral, que dava no andar de cima, onde D'Artagnan morava. Essa entrada ficou livre da polícia.

Os três mosqueteiros tentaram localizar a mulher de Bonacieux, mas não conseguiram. D'Artagnan estava de vigia na janela. As pessoas eram presas e levadas para dentro da casa. Para ouvir o que diziam, ele tirou uma tábua do chão. Os guardas faziam as mesmas perguntas a todos:

– A mulher de Bonacieux lhe deu alguma coisa para entregar ao marido ou a outra pessoa?

– Ela ou o marido lhe contaram algum segredo?

Pelo tipo de pergunta que faziam, D'Artagnan percebeu que eles não sabiam de nada. Na verdade, o que eles queriam saber era se o duque de Buckingham estava em Paris e se iria se encontrar com a rainha.

Na noite seguinte à prisão de Bonacieux, uma mulher foi presa na emboscada. D'Artagnan colocou o ouvido no chão e escutou o seguinte:

– Estou dizendo que moro aqui. Meu nome é Constance Bonacieux.

– Era justamente a senhora que estávamos procurando – disseram os guardas.

Houve um forte barulho – a mulher tentava reagir à prisão. D'Artagnan pegou a espada e pediu para o criado chamar Atos, Portos e Aramis; então, saiu pela janela e foi descendo agarrado aos beirais até chegar à rua. Em seguida, bateu à porta da casa. O barulho que se ouvia lá dentro parou imediatamente. A porta foi aberta.

D'Artagnan entrou na casa de Bonacieux com a espada erguida. Da rua, ouviram-se gritos e o tinir de espadas. De repente, quatro homens encapuçados saíram da casa correndo.

A mulher de Bonacieux estava numa poltrona, quase desmaiada. Era muito bonita; devia ter vinte e poucos anos. Quando ela abriu os olhos – eram bem azuis –, ele ficou encantado.

– O senhor me salvou! Quero recompensá-lo.

– Não é preciso, senhora. Qualquer cavalheiro faria o que fiz.

– Sabe o que aqueles homens queriam? E por que meu marido não está aqui?

– Aqueles homens são da guarda do cardeal. Seu marido foi preso ontem.

– Meu marido foi preso?! O que ele fez? – perguntou ela.

– Acho que o único crime dele é ter a sorte e o azar de ser seu marido.

– Então o senhor sabe...

– Sei que foi raptada por um homem moreno com uma cicatriz no rosto.

– Meu marido sabe que fui raptada?

– Ficou sabendo por uma carta anônima. E a senhora, como conseguiu fugir?

– Aproveitei um momento em que me deixaram só. Fiz uma corda com os lençóis, desci pela janela e corri para cá a fim de prevenir meu marido.

– Mas não podemos ficar aqui. Os homens que pus em fuga devem voltar com reforços.

– Tem razão. Vamos fugir – disse ela, pegando o braço de D'Artagnan.

– Para onde? – perguntou o rapaz.

– Eu queria que meu marido fosse ao palácio real falar com o senhor La Porte para saber o que aconteceu nos últimos dias e se eu posso voltar para lá.

– Eu posso ir – disse D'Artagnan.

– Vou confiar no senhor. Saiba que o serviço que vai prestar pode lhe trazer muito dinheiro.

– Não preciso de recompensa para servir ao rei e à rainha.

– E eu? Onde posso me esconder enquanto isso? – perguntou Constance.

D'Artagnan levou-a à casa de Atos, mas ele não estava. Pegou a chave que ele deixava embaixo do capacho, para os amigos, e entrou com Constance Bonacieux.

– Tranque a porta e só abra quando ouvir três batidas rápidas e duas lentas – disse ele à moça.

No palácio real, D'Artagnan pediu a La Porte que fosse se encontrar com Constance. Ao se despedir, La Porte disse:

– Vou lhe dar um conselho, rapaz: procure um amigo e atrase o relógio dele, para você ter uma testemunha de que às nove e meia da noite estava com ele. Na Justiça, isso é o que se chama de "álibi".

D'Artagnan correu ao Regimento dos Mosqueteiros e pediu para falar com o capitão. Enquanto esperava ser atendido, atrasou o relógio que ficava no saguão.

Quando o capitão chegou, ele disse:

– Desculpe, senhor. Como ainda eram nove e vinte e cinco, achei que poderia procurá-lo – disse, apontando o relógio.

– Nove e vinte e cinco?! – exclamou Tréville. – Pensei que fosse mais tarde.

D'Artagnan contou ao capitão os projetos do cardeal em relação ao duque de Buckingham. O relógio bateu as dez horas e o rapaz se despediu. Quando chegou ao portão do regimento, fingiu ter esquecido alguma coisa e voltou correndo. Acertou de novo o relógio. Tinha conseguido uma testemunha.

Ele voltou para casa pelo caminho mais longo, olhando as estrelas e suspirando. Não parava de pensar em Constance. Eram onze horas da noite; as ruas estavam vazias. Como estava perto da casa de Aramis, resolveu visitá-lo. Quase chegando à frente do prédio, viu uma mulher envolta numa capa.

Para não ser visto, D'Artagnan se escondeu embaixo de uma árvore. Quando a mulher chegou em frente à janela de Aramis, bateu três vezes. A janela foi aberta; a mulher de capa entregou um embrulho e recebeu outro.

Do lugar em que se encontrava, D'Artagnan não conseguia ver o rosto da pessoa que estava na casa. Pé ante pé, avançou. Quase deu um grito ao ver que não era Aramis, mas uma mulher que estava na casa dele.

A mulher de capa passou perto de D'Artagnan, sem o capuz na cabeça. Era Constance – e ele resolveu segui-la. Ao ouvir passos, ela começou a correr. D'Artagnan alcançou-a.

– Vi a senhora bater na casa de um de meus melhores amigos...

*A armadilha*  29

– Um de seus amigos?

– Vai me dizer que não conhece Aramis?

– Nunca ouvi falar... Eu estava conversando com uma mulher...

– Quem é ela?

– Não posso dizer.

– Constance, você é uma das mulheres mais belas e misteriosas que conheço!

– Por favor, dê-me o braço e me acompanhe. Quando chegarmos à porta da casa em que me esperam, nos despediremos. Promete que não vai me espionar nem ficará esperando por mim?

– Prometo – disse ele.

E os dois seguiram, felizes de estarem juntos, até a Rua da Harpa.

– Vamos! Seja mais generosa! Não percebeu o carinho que sinto pela senhora?

– Se o segredo fosse meu, eu lhe contaria.

– A senhora deve confiar em quem ama.

– O senhor fala rápido em amor!

– É que o amor chegou para mim pela primeira vez, antes dos vinte anos.

– Por favor, está na hora do meu encontro!

– Acalme-se, eu vou embora.

Ela estendeu-lhe a mão e ele a beijou ardentemente.

D'Artagnan se despediu e foi embora, pensando em voz alta:

– Pobre Atos! Nem tive tempo de avisar que tinha escondido uma mulher na casa dele! Quero saber como essa história vai acabar...

– Mal – respondeu uma voz atrás dele.

Era Planchet, criado de D'Artagnan.

– Mal por quê?

– Porque o senhor Atos foi preso.

– Preso?! Como?

– Ele estava na sua casa. Pensaram que fosse o senhor e foi preso por policiais trazidos pelos guardas do cardeal, que o senhor expulsou. Quatro homens levaram o senhor Atos para a Bastilha e dois ficaram remexendo em tudo.

– Atos não disse quem era?

– Não. Chamou-me de lado e disse que era o senhor que precisava de liberdade e que só depois de três dias vai contar a eles quem é.

– E Portos e Aramis?

– Não os encontrei e deixei recado.

– Então, vá para casa – disse D'Artagnan. – Quando meus amigos chegarem, diga a eles para me encontrarem na Taverna do Pinheiro. Agora, vou correndo contar tudo o que aconteceu ao capitão dos mosqueteiros.

Tréville não se encontrava no regimento; estava com seus homens a serviço, no Louvre. "Como fazer para entrar no palácio?", pensou D'Artagnan.

Ao chegar às margens do rio Sena, viu um mosqueteiro e uma mulher, encapuçados. A mulher lembrava Constance e o homem, Aramis. Percebendo que estavam sendo seguidos, apertaram o passo. D'Artagnan ultrapassou-os e parou na frente deles.

– O que quer, senhor? – perguntou o homem, com sotaque estrangeiro.

– Não é Aramis! – murmurou D'Artagnan. – Desculpe-me.

– Está desculpado. Já que viu que não era quem esperava, deixe-me passar.

– O senhor não é quem eu esperava, mas esta senhora, sim.

– Ah! – disse Constance. – O senhor deu sua palavra de que não me seguiria.

Sem saber o que fazer, D'Artagnan ficou parado na frente deles.

O desconhecido deu dois passos à frente e empurrou D'Artagnan.

O rapaz desembainhou a espada e o desconhecido fez o mesmo.

– Milorde, pelo amor de Deus! – exclamou Constance.

– Milorde! – repetiu D'Artagnan compreendendo tudo o que se passava. – O senhor deve ser...

– O duque de Buckingham – disse Constance em voz baixa.

– Milorde, senhora, peço desculpas – disse D'Artagnan. – Amo esta senhora e fiquei com ciúmes. Muito bem, quando precisar, estou às suas ordens.

# 8. O duque de Buckingham

Disfarçado de mosqueteiro, o duque de Buckingham entrou no Louvre com Constance pela porta de serviço. Subiram dois andares no escuro, passaram por um longo corredor, tateando, e desceram um andar até chegar a uma sala.

– Espere aqui, milorde – disse a moça, saindo da sala e trancando a porta.

Buckingham era destemido. Gostava de aventuras e era muito romântico. Mesmo sabendo que a carta de Ana da Áustria, a rainha da França, chamando-o a Paris era uma cilada, decidiu que não iria embora sem ver a rainha.

De repente, em meio à tapeçaria da sala, uma porta se abriu e a rainha entrou.

Ana da Áustria tinha vinte e seis anos e estava no auge da beleza. Seus olhos eram cor de esmeralda; sua pele parecia de veludo e o cabelo louro era cacheado.

O duque atirou-se aos pés dela, beijando a ponta do seu vestido.

– Milorde, sabe que não fui eu que lhe escrevi.

– Sei, Majestade! Mas, quando amamos, acreditamos nas coisas mais impossíveis. A viagem, porém, valeu a pena: pude encontrá-la.

– Está colocando sua vida e minha honra em risco. Vim a este encontro para dizer que tudo nos separa: o mar, os inimigos, a política. Não podemos mais nos ver.

– Fale, Majestade! A doçura da sua voz é mais forte que a dureza das suas palavras.

– Eu nunca disse que o amava.

– Mas também nunca negou. Onde encontrará um amor como o meu? Um amor que nem a distância nem o tempo e o desespero podem apagar? Há três anos eu a vi pela primeira vez e há três anos a amo.

– Que loucura! Essa paixão é impossível – disse a rainha.

– Nós nos vimos apenas quatro vezes...

– ... o suficiente para provocar muita calúnia – disse ela. – Instigado pelo cardeal, o rei demitiu vários auxiliares, e quando o senhor quis ser embaixador na França, o próprio rei não concordou, lembra-se?

– Sim. E a França terá de pagar essa recusa do rei com uma guerra. Já que não poderei mais vê-la, terei de arrumar um meio de receber notícias suas.

O duque de Buckingham refletiu um pouco e continuou:

– É possível que eu morra nesta cilada que me atraiu a Paris.

– Não! – exclamou a rainha. – Pelo amor de Deus!

Ele sorriu, feliz com essa demonstração de interesse.

– Sonhei que ia morrer. Mas, se isso acontecer, depois de ter ouvido suas palavras, não terei morrido em vão.

– Também eu tive sonhos estranhos. Vi o duque ferido, coberto de sangue... Felizmente, foi apenas um sonho.

– Não precisa dizer mais nada para eu saber que me ama. Senão, por que teríamos sonhos tão parecidos? Tenho certeza de que vai chorar a minha morte!

– Eu não poderia suportar! – exclamou Ana da Áustria. – Agora, por favor, duque, vá embora! Eu lhe suplico!

– Antes de partir, peço que me dê algum objeto seu como lembrança.

A rainha saiu e voltou logo em seguida com um pequeno cofre.

– Guarde este cofre como minha recordação.

O duque ajoelhou-se, beijou a mão que a rainha lhe estendeu e foi embora, dizendo:

– Se daqui a seis meses eu estiver vivo, virei vê-la, nem que tenha de dar a volta ao mundo para isso!

Constance o esperava no corredor para levá-lo embora.

# 9. O comerciante e o cardeal

Por que Bonacieux estava preso? O amor do duque de Buckingham pela rainha e a disputa do cardeal pelo poder eram a causa da sua detenção.

Depois de um dia na Bastilha, ele foi chamado para interrogatório.

– Meu nome é Jacques-Michel Bonacieux, tenho cinquenta e um anos e sou casado. Eu tinha uma loja de armarinhos, mas me aposentei.

O comissário de polícia fez um longo discurso sobre o perigo que há de um comerciante se meter em assuntos do governo e elogiou o cardeal.

– Onde está sua mulher?

– Não sei. Ela foi raptada.

– Mas ontem, com sua ajuda, ela conseguiu fugir.

– Ela fugiu? – gritou Bonacieux. – Não sabia; não tenho nada a ver com isso.

– Antes de ser preso, o senhor foi procurar D'Artagnan e teve uma longa conversa com ele. O que conversaram?

– Pedi que ele me ajudasse a encontrar minha mulher. Ele concordou em me ajudar, mas logo em seguida percebi que estava me traindo.

– Cuidado! O senhor está tentando enganar a Justiça! D'Artagnan fez um pacto com o senhor: ele lutou com os guardas que prenderam sua mulher e ela fugiu.

– D'Artagnan raptou minha mulher?

– Não se preocupe, ele foi preso. Ele e o senhor vão ser confrontados. – Em seguida, voltando-se para o guarda, pediu: – Tragam o senhor D'Artagnan.

Os guardas trouxeram Atos.

– Mas este não é D'Artagnan! – exclamou Bonacieux.

– Como? – gritou o comissário. – Quem é, então?

– Não sei – respondeu Bonacieux.

– Qual é o seu nome? – perguntou o comissário dirigindo-se a Atos.

– Atos.

– Isso não é nome de gente, é nome de montanha – disse o comissário, irritado.

– É o meu nome – respondeu Atos.

– Senhor comissário – interrompeu Bonacieux –, D'Artagnan é meu inquilino, eu o conheço bem. Este homem não é ele! D'Artagnan tem dezenove anos e este homem deve ter ao menos trinta; D'Artagnan está na Guarda Real e este senhor é mosqueteiro.

– Tem razão – murmurou o comissário.

Atos e Bonacieux foram levados para suas celas. Bonacieux chorou o dia todo. Às nove horas da noite, quando ia se deitar, ouviu passos no corredor; sua cela foi aberta e um guarda o chamou.

Bonacieux foi levado em uma carruagem pelas ruas de Paris; ela parou na torre em que os prisioneiros eram executados.

O preso foi conduzido a um gabinete luxuoso. Apesar de estarem em setembro, a lareira já estava acesa, ao contrário do hábito geral de acendê-la apenas em novembro. Um homem estava de pé junto a uma mesa coberta de livros e papéis. Tinha estatura média, expressão altiva, rosto fino e olhar penetrante. Usava cavanhaque e bigode e, mesmo sem espada, parecia um soldado.

Esse homem era o cardeal Richelieu.

Nada em sua aparência demonstrava que era um homem da Igreja. Bonacieux não tinha a menor ideia de quem era o homem que se encontrava à sua frente.

– É acusado de alta traição! – disse o cardeal.

– Foi o que me disseram na Bastilha. Mas juro que sou inocente!

– O senhor conspirou com sua mulher e com o duque de Buckingham.

– Eu ouvi minha mulher pronunciar esse nome.

– Quando?

– Ela disse que o cardeal Richelieu havia atraído o duque de Buckingham a Paris para desonrar ele e a rainha.

– Sabe que ela fugiu?

– O comissário, um homem muito gentil, me contou na Bastilha.

– Então não sabe o que aconteceu com sua mulher depois que ela fugiu?

– Não, senhor.

– Nós vamos descobrir. O cardeal descobre tudo.

Ao ouvir isso, Bonacieux começou a tremer.

– Diga-me uma coisa: quando ia buscar sua mulher no Louvre, ela ia direto para casa? Não parava no caminho?

– Em geral, ela parava para comprar tecido na Rua de Vaugirard, 25 ou na Rua da Harpa, 75.

Richelieu tocou a campainha.

Menos de cinco minutos depois, uma nova personagem surgiu.

– É ele! – gritou Bonacieux. – O homem que raptou minha mulher.

– Leve este homem – disse o cardeal. – Daqui a pouco, vou chamá-lo de novo para conversar.

– Peço desculpas, Eminência – disse Bonacieux, aflito –, eu me enganei. Não é ele! É outra pessoa, parecida com ele.

Assim que o comerciante saiu, Rochefort contou que Buckingham e a rainha tinham se encontrado no Louvre e que ela havia dado a ele os broches de brilhantes em forma de alfinetes que o rei lhe dera.

– Suspeito onde Buckingham tenha ficado – disse Richelieu –; na Rua de Vaugirard, 25, ou na Rua da Harpa, 75. Mas ele já deve ter ido embora.

– Vamos tentar encontrá-lo, Eminência.

– Leve dez homens da minha guarda e reviste essas duas casas.

Rochefort saiu. Richelieu pediu que trouxessem o prisioneiro.

– O senhor me enganou – disse o cardeal ao comerciante. – Sua mulher não ia comprar tecidos nos endereços que me deu.

– Por Deus, o que ela fazia, então?

– Ela ia à casa da duquesa de Chevreuse e à casa do duque de Buckingham.

– Eu sempre perguntava à minha mulher que lojas eram aquelas que não tinham placas na porta e ela ria. Ah, Eminência! Só o cardeal, o grande gênio do reino, que todos admiram, para descobrir isso! – disse ele, ajoelhando-se.

Mesmo que fosse um triunfo pequeno sobre homem tão medíocre, Richelieu se orgulhou. De repente, ele teve uma ideia. Sorrindo, estendeu a mão a Bonacieux.

— Levante-se, meu amigo. Tenho de admitir que é um homem honesto.

— O cardeal me dá a mão! O grande homem do governo me chama de amigo!

— Para compensar as injustiças que sofreu, vou lhe dar esta bolsa. Tem aqui cem pistolas. Espero que me perdoe.

— Perdoar? Pelo amor de Deus! Eu só tenho a agradecer, Eminência!

— Então até logo, pois espero revê-lo em breve.

— Quando quiser, Eminência.

Richelieu fez um gesto, despedindo o comerciante. Ele se ajoelhou e saiu, fechando a porta. Do lado de fora, gritou bem alto:

— Viva o grande cardeal! Viva o cardeal Richelieu! Viva o maior gênio da França!

Richelieu sorriu, pensando: "Este homem será capaz de morrer por mim".

Rochefort voltou dizendo que uma mulher jovem e um estrangeiro haviam passado cinco dias, ela na Rua de Vaugirard, ele na Rua da Harpa. A moça havia partido na noite anterior e o homem naquela manhã.

— Ah! Então eram eles! — exclamou o cardeal.

— O que devo fazer, Eminência?

— Mantenha silêncio absoluto sobre isso. A rainha deve imaginar que não sabemos de nada.

— E Bonacieux?

— Está do nosso lado. A partir de hoje, passará a espionar a mulher.

Rochefort saiu. Richelieu sentou-se, escreveu uma carta, colocou o selo real e entregou-a para seu mensageiro.

— Vá imediatamente para Londres, sem parar no caminho. Leve esta carta e entregue-a diretamente para Milady.

A carta dizia o seguinte:

*Compareça à primeira festa da corte a que o duque de Buckingham esteja presente. Ele deve usar doze broches de brilhantes em forma de alfinetes. Aproxime-se dele e pegue dois. Quando estiver com eles, avise-me.*

# 10. Como Tréville conseguiu livrar D'Artagnan

Para dar tempo ao amigo de agir, Atos só disse que não era D'Artagnan depois de três dias preso. Falou à polícia que não conhecia o casal Bonacieux; tinha passado na casa de D'Artagnan às dez horas da noite, depois de jantar com o capitão dos mosqueteiros e então fora preso.

Enquanto isso, Tréville tinha ido se queixar ao rei da conduta da polícia para com os seus mosqueteiros. O rei estava com o cardeal e não o recebeu bem. Tréville contou que um grupo de policiais tinha invadido a casa de um guarda do rei para prendê-lo; como ele não estivesse, haviam levado Atos.

– A polícia agiu a serviço do rei – disse Luís XIII.

– A serviço do rei estão os mosqueteiros, que são seus soldados – respondeu Tréville. – Uma dezena de vezes, Atos derramou seu sangue em defesa do rei. E fará isso tantas vezes quantas for preciso.

– O senhor de Tréville esqueceu-se de dizer que esse mosqueteiro inocente atacara, uma hora antes, quatro policiais que eu havia destacado para investigar um assunto da mais alta importância – disse o cardeal.

– Desafio Vossa Eminência a provar isso – exclamou Tréville com a franqueza habitual –, porque uma hora antes Atos estava jantando na minha casa junto com o duque de la Trémouille e o conde de Châlus.

O rei olhou para Richelieu, que declarou:

– O relatório da polícia não mente.

– Eminência, a palavra do capitão dos mosqueteiros vale menos que um relatório da polícia?

– Vamos, Tréville – disse o rei.

– A casa que foi revistada é de um amigo do mosqueteiro...

– ... que se chama D'Artagnan.

– O senhor não desconfia que esse rapaz tenha dado maus conselhos a...

– A Atos, um homem que tem quase o dobro da idade dele? Não, Eminência – disse Tréville –, D'Artagnan passou a noite no quartel dos mosqueteiros.

– Então todo mundo passou a noite com o senhor?

– Vossa Eminência está duvidando da minha palavra?

– De jeito nenhum – disse o cardeal. – A que horas esteve com D'Artagnan?

– Sei exatamente a hora, porque, quando ele entrou, olhei para o relógio e vi que eram nove e vinte e cinco da noite.

– E a que horas ele foi embora?

– Às dez horas; quarenta e cinco minutos depois do ataque aos policiais.

O cardeal sentiu que estava perdendo. Mesmo assim, disse:

– Atos foi preso numa casa suspeita, que estava sendo vigiada pela polícia.

– Uma parte da casa estava sendo vigiada, não a parte em que D'Artagnan mora. Acredite, Majestade, não conheço servidor mais dedicado ao rei que esse rapaz.

– Não foi esse D'Artagnan que feriu Jussac naquele conflito perto do Convento das Carmelitas? – perguntou o rei olhando para o cardeal, que ficou vermelho de raiva.

– E, no dia seguinte, feriu Bernajoux – completou Tréville.

– Que decisão tomaremos?

– A decisão é sua, Majestade – disse o cardeal. – Eu considero Atos culpado.

– Eu o considero inocente – disse Tréville. – Mas Sua Majestade tem juízes, que poderão decidir.

– Boa ideia – disse o rei. – O trabalho dos juízes é julgar, e eles julgarão.

– É triste, porém, que nos dias atuais um homem honesto seja vítima da infâmia e da perseguição – disse Tréville. – O exército não ficará nada contente de se ver maltratado por motivos de polícia.

Tréville tinha exagerado de propósito, para provocar uma reação explosiva.

– Motivos de polícia! – explodiu o rei. – Por acaso entende desse assunto,

Tréville? Quanto barulho por causa de um mosqueteiro! Posso mandar prender dez, cem, o regimento todo!

– Se a seu ver os mosqueteiros são suspeitos, eles são culpados – disse Tréville –, e eu renuncio a meu cargo. Depois de acusar meus homens, o senhor cardeal acabará me acusando, por isso prefiro que me prendam junto com Atos.

– Vamos, Tréville, deixe de ser cabeça-dura! – disse o rei. – Pode jurar pelo meu pai que Atos estava na sua casa naquele momento?

– Pelo seu glorioso pai, Henrique IV, e por Sua Majestade, a quem amo e venero acima de tudo, eu juro!

– Pense bem, Majestade – disse Richelieu –, se o preso for solto, nunca saberemos a verdade.

– Atos estará no regimento, sempre disposto a prestar esclarecimentos. Ele não vai desertar – disse o capitão dos mosqueteiros.

– É verdade – concordou o rei. Em seguida, em voz baixa, disse ao cardeal: – Além disso, é mais político que eles se sintam seguros... – querendo dizer que dessa forma seria mais fácil descobrir qualquer envolvimento da parte deles.

Richelieu sorriu para Luís XIII.

– Vossa Majestade tem o direito de conceder o perdão – disse ele.

– O perdão é para os culpados – respondeu Tréville –, e o meu mosqueteiro é inocente. Não se trata de perdão, mas de justiça!

– Assine a ordem de soltura – propôs Richelieu. – Assim como Vossa Majestade, acredito que a palavra de Tréville basta.

O capitão dos mosqueteiros se inclinou, agradecido. Desconfiava dessa concordância súbita do cardeal; atrás disso, deveria haver algum plano. Mas, no momento, não havia tempo a perder. Pegou o documento assinado pelo rei e correu para libertar o mosqueteiro.

# 11. As intrigas do terrível cardeal Richelieu

Tréville tinha razão em desconfiar do cardeal. Assim que ele saiu, Richelieu disse ao rei:

– Agora que estamos a sós, podemos falar seriamente. Sabia que o duque de Buckingham passou cinco dias em Paris e foi embora hoje de manhã?

O leitor não pode imaginar o efeito que essa frase causou em Luís XIII. Ele ficou muito vermelho e em seguida empalideceu.

– O duque de Buckingham em Paris?! O que veio fazer aqui?

– Sem dúvida, conspirar com nossos inimigos.

– Não! – exclamou o rei. – Conspirar contra a minha honra!

– Não acredito, Majestade. A rainha é muito discreta e acima de tudo ama o rei. Na minha opinião, o duque veio por motivos políticos.

– E eu tenho certeza de que veio por outro motivo.

– Interroguei uma das damas da rainha. Ela me disse que na noite anterior a rainha quase não dormiu e que na manhã seguinte chorou muito e passou o dia todo escrevendo uma carta.

– Deve ter escrito para ele! Quero essa carta, cardeal!

– Como posso conseguir isso? Trata-se de Ana da Áustria, a rainha da França!

– Quero acabar de uma vez por todas com essas intrigas políticas e amorosas – disse o rei. – La Porte é muito próximo da rainha...

– Acho que ele é a chave de tudo.

– Pensa, então, como eu, que a rainha está me traindo?

– Penso que a rainha conspira contra o poder do rei, não contra sua honra.

— E eu digo que ela conspira contra as duas coisas. A rainha não me ama. Ela ama... o infame duque de Buckingham. Por que não mandou prendê-lo?

— Prender o duque de Buckingham, o primeiro-ministro da Inglaterra? Eu criaria um conflito político!

— Mas foi para ele que ela escreveu! Quero essa carta, cardeal! Custe o custar!

— Só há um meio para isso. Falar com o chanceler Séguier, responsável pelo Correio. Só ele pode apreender uma carta.

— Peça que ele venha imediatamente ao palácio e procure a carta nos aposentos da rainha. Enquanto isso, vou falar com Ana da Áustria.

A rainha estava cercada por suas damas. Uma delas lia e todas escutavam com atenção, menos Ana da Áustria, que havia proposto a leitura justamente para poder pensar livremente enquanto fingia estar ouvindo.

Seus pensamentos eram bastante tristes. O marido não confiava nela e o cardeal a perseguia, como vingança por ela ter se recusado a ser sua amante. As pessoas mais próximas a ela tinham sido afastadas. Sentia-se cada vez mais isolada.

Enquanto estava mergulhada nesses pensamentos, o rei apareceu na sala.

— Senhora — disse com voz alterada —, o chanceler virá visitá-la para lhe comunicar o assunto do qual foi encarregado.

— Por que esta visita, Majestade? Que me dirá o chanceler que Vossa Majestade não possa me dizer pessoalmente?

O rei se retirou sem responder e o chanceler, que era homem de confiança do cardeal, entrou em seguida.

— Venho em nome do rei, Majestade. Peço desculpas, mas tenho ordem para dar uma busca nos seus documentos.

— Como! Uma busca nos documentos da rainha!

— Peço que me perdoe, Majestade, sou apenas um instrumento do rei.

O chanceler revistou as escrivaninhas e as gavetas, mas não encontrou nada. A etapa seguinte seria revistar a própria rainha. Muito embaraçado, disse:

— O rei está convencido de que Vossa Majestade escreveu uma carta e ainda não a enviou. Essa carta deve estar em alguma parte.

— A carta está aqui — disse ela, apontando o corpete do vestido.

– Dê-me a carta, Majestade. Caso contrário, terei de... revistá-la.

– Que horror! – exclamou a rainha. – Prefiro morrer!

Ela própria tirou do corpete do vestido a carta e entregou-a ao chanceler.

Ele levou a carta direto ao rei, que a tomou com as mãos trêmulas. Vendo que era dirigida ao rei da Espanha, leu-a rapidamente. A rainha era filha de Filipe III, rei da Espanha, e de Margarida da Áustria, por isso era chamada de Ana da Áustria. A carta era um plano de ataque contra o cardeal. A rainha pedia a seu irmão Filipe IV, rei da Espanha, e ao imperador da Áustria que ameaçassem a França de guerra se Richelieu não fosse demitido.

O rei não poderia ficar mais contente – não era uma carta de amor!

– Vossa Eminência tinha razão: é uma carta política – disse Luís XIII entregando-a ao cardeal.

– A que ponto chegaram os meus inimigos! – exclamou o cardeal depois de ler a carta.

– Não se preocupe! Todas as pessoas mencionadas na carta serão punidas, inclusive a rainha.

– Por que a rainha? Ela é minha inimiga, não sua. E é uma esposa dedicada.

– Para se reconciliar com ela, que tal organizar um baile? É uma das coisas de que a rainha mais gosta!

– Vou pensar nisso – disse Luís XIII.

– O baile seria uma oportunidade para a rainha usar os alfinetes de brilhantes que Sua Majestade deu a ela – disse Richelieu.

O rei estava muito feliz de constatar que sua mulher não o traía e não se preocupou nem um pouco com a desavença entre a rainha e o cardeal.

Ana da Áustria esperava ser severamente repreendida e ficou surpresa quando o rei a procurou e disse que estava organizando um baile. Uma festa era algo tão raro na sua vida que ela ficou muito feliz.

Mas a data ainda não estava decidida; dependia do cardeal. O rei consultava Richelieu todos os dias, e ele sempre dava uma desculpa para adiar o baile. Oito dias depois, o cardeal recebeu uma carta de Milady, enviada de Londres:

*Consegui o que quer, mas não pude sair de Londres porque estou sem dinheiro. Cinco dias depois de receber o dinheiro, estarei de volta a Paris.*

Richelieu fez as contas e concluiu que em doze dias sua encomenda chegaria.

— Não se esqueça de pedir à rainha para usar os alfinetes de brilhantes que ela ainda não teve oportunidade de usar – disse o cardeal ao rei.

Luís XIII estranhou esse pedido, mas, como por trás das tramas misteriosas do cardeal sempre apareciam verdades escondidas, aceitou a sugestão. Quando ele pediu à mulher que usasse as joias que tinha dado a ela, a rainha pensou que o marido já soubesse de tudo.

Mais vigiada do que nunca, Ana da Áustria imaginou que tivesse sido traída por uma de suas damas de companhia, mas não saberia dizer qual. Desesperada, ajoelhou-se e começou a rezar, soluçando.

— Posso ajudá-la, Majestade? – disse uma voz doce e bondosa.

A rainha se voltou vivamente. Constance Bonacieux a olhava, compadecida.

— Não tenha medo, Majestade – disse a moça. – Acho que posso ajudá-la.

— Sou traída por todos. Será que posso confiar em você?

— É preciso enviar um mensageiro à Inglaterra para recuperar os broches de brilhantes – disse Constance.

— Uma pessoa de extrema confiança... Não tenho ninguém... – disse a rainha.

— Confie em mim, Majestade! Eu arranjarei o mensageiro. Escreva duas palavras e coloque o selo real.

— Essas duas palavras serão minha condenação. O rei pedirá o divórcio e eu serei exilada...

— ... se a mensagem for interceptada por seus inimigos – disse Constance. – Mas eu prometo que essa mensagem será entregue diretamente ao duque.

— Como conseguirá isso?

— Meu marido é um homem simples. Ele entregará a carta no endereço indicado sem saber quem é o remetente e quem é o destinatário.

A rainha olhou profundamente para Constance e só viu sinceridade em seus olhos. Escreveu a carta, entregou-a à moça e abraçou-a ternamente.

– Você vai precisar de dinheiro – disse Ana da Áustria. – Este anel dará para as despesas da viagem. Que o seu marido viaje ainda hoje!

Dez minutos depois, Constance entrava em casa. Não via o marido desde que tinha saído da prisão; não sabia que ele havia passado para o lado do cardeal nem que o conde de Rochefort estivera várias vezes na casa dela.

Ao encontrar o marido, Constance beijou-o no rosto e foi logo dizendo:

– Precisamos conversar. Tenho uma coisa muito importante para lhe dizer.

– Eu também. Sabe que eu passei um dia e uma noite numa cela da Bastilha?

– Isso já passou. Agora, vamos tratar do assunto que me trouxe aqui.

– Como?! Você não veio me visitar? – disse ele, furioso.

– Vim aqui para vê-lo, mas também por um assunto que mudará nosso destino.

– Nosso destino já começou a mudar – disse ele –, e não me surpreenderei se daqui a alguns meses atrair a inveja de muita gente.

– Sim, especialmente se você seguir as instruções que tenho a lhe dar. Praticaremos uma boa ação e receberemos em troca um bom dinheiro.

Constance sabia que dinheiro era o ponto fraco do marido. Não sabia, porém, que, depois de conversar com Richelieu, seu marido não era mais o mesmo.

– Muito dinheiro! Quanto, mais ou menos? – perguntou ele.

– Umas dez mil pistolas.

– O que é preciso fazer?

– Vou lhe dar um papel para ser entregue em Londres. Não deve mostrá-lo a ninguém no meio do caminho.

– Eu? Em Londres? Está brincando!

– É preciso que você vá. Uma pessoa importante o envia, outra pessoa importante o espera. A recompensa será maior do que imagina.

– Intrigas, sempre intrigas! – disse Bonacieux. – Não, obrigado. Agora estou mais esperto; o cardeal me abriu os olhos.

– O cardeal! Falou com o cardeal?

– Ele me deu a mão e me chamou de "amigo".

– Virou cardinalista, agora? Está do lado dos que maltratam sua mulher e insultam a rainha?!

– Os interesses individuais não são nada perto dos interesses do país.

– É bom estar do lado de quem oferece mais vantagens.

– Ha, ha! – riu Bonacieux, batendo na barriga. Como resposta, eles ouviram o tilintar de moedas.

– De onde veio esse dinheiro? – quis saber Constance.

– Do cardeal e do meu amigo, o conde de Rochefort.

– Mas foi ele que me raptou! Aceita dinheiro desse homem?

– Você não me disse que esse rapto tinha sido político?

– Sim. Fui raptada porque queriam que eu traísse a rainha!

– Constance, a rainha é uma espanhola má e o cardeal sabe o que faz.

– Sabia que você era covarde, avarento e imbecil, mas não o julgava infame!

Bonacieux ficou surpreso. Era a primeira vez que via a mulher encolerizada.

– Então, já se decidiu? – perguntou ao marido.

– Eu não vou. Tenho medo de intrigas. Se for preso em nome da rainha, o cardeal vai me tirar da cadeia?

Constance percebeu que tinha ido longe demais.

– Talvez você tenha razão – disse ela. – Vamos deixar isso de lado.

Tarde demais, Bonacieux lembrou-se da recomendação do conde de Rochefort e perguntou o que iria fazer em Londres.

– Era um capricho meu, uma coisa sem importância.

Mas ele ficou desconfiado. Disse à mulher que tinha um compromisso e que voltaria logo para acompanhá-la ao palácio.

– Obrigada – disse ela. – Tenho de voltar o mais rápido possível.

Depois que Bonacieux saiu, deram uma batida no teto. Em seguida, ela ouviu o seguinte:

– Querida Constance, abra a porta. Preciso falar com você.

# 12. A missão especial

– Desculpe-me dizer isto – disse D'Artagnan entrando na casa de Constance –, mas seu marido não é nada fácil! Ouvi a conversa inteira. Descobri que ele é um bobalhão e que você tem um assunto grave para resolver, o que me dá a oportunidade de poder ajudá-la.

Constance não respondeu. Seu coração batia apressado, de alegria.

– Como posso saber se devo confiar em você? Que garantia me dá?

– A garantia do meu amor – disse ele. – O que devo fazer?

Constance olhou para D'Artagnan. Seus olhos tinham um brilho tão forte, sua voz era tão convincente, que ela decidiu confiar nele.

– Vou pedir ao senhor de Tréville para conseguir com o seu cunhado, que é o capitão do meu regimento, uma licença para mim.

– Você não deve ter dinheiro, não é mesmo?

– Acertou – disse D'Artagnan, rindo.

Constance tirou do armário a bolsa que pouco antes seu marido lhe mostrara.

– O dinheiro do cardeal?! – exclamou D'Artagnan caindo na risada. – Vai ser muito divertido salvar a rainha com o dinheiro do cardeal.

– A rainha vai recompensá-lo – disse Constance.

– Já fui recompensado. Eu a amo! E pude declarar meu amor a você.

– Psiu! – fez Constance. – Estou ouvindo vozes... É o meu marido! Tenho de sair... Ele vai perceber a falta do dinheiro.

– Vamos para o meu quarto – propôs D'Artagnan. – Lá você estará mais segura.

Eles correram para cima e espiaram pela janela. Bonacieux conversava com um homem de casaco. Mais uma vez, D'Artagnan puxou a espada: era o homem que ele buscava, o homem com quem tinha lutado em Meung.

– Jurei que mataria aquele homem!

– Agora, não. Você tem uma missão a cumprir.

O gascão colou o ouvido à janela e escutou a conversa entre os dois:

– Ela não está – disse Bonacieux. – Deve ter voltado para o palácio.

– Tem certeza de que ela não desconfiou de suas intenções? – perguntou o homem de Meung.

– Ela é muito superficial para desconfiar desse tipo de coisa.

– O jovem que mora no andar de cima está em casa?

– Não. A janela está fechada e a luz, apagada.

– Vamos conversar dentro de casa, então. Estaremos mais seguros.

Sem fazer barulho, D'Artagnan tirou quatro tábuas do piso. Ajoelhou-se, colocou o ouvido no chão e chamou Constance.

– Tem certeza de que sua mulher não falou com ninguém antes de voltar ao Louvre?

– Tenho certeza – disse Bonacieux.

– Sua mulher não mencionou nenhum nome?

– Ele me disse apenas que eu devia ir a Londres, a serviço de uma pessoa importante.

– O senhor agiu como um bobo. Deveria ter aceitado a missão; estaria com essa carta nas mãos e teria salvado o país de uma ameaça...

– E eu? – perguntou Bonacieux.

– O cardeal lhe daria um título de nobreza...

– Posso ir ao Louvre e dizer para minha mulher que mudei de ideia e vou levar a carta.

– Então, faça isso já – disse o homem, despedindo-se. – Voltarei mais tarde para saber o resultado.

Constance não se conformava com a atitude do marido. De repente, ouviram um grito horrível. Era Bonacieux, que dava pela falta do dinheiro. Desesperado, saiu de casa gritando.

– Agora, você pode ir – disse Constance a D'Artagnan. – Coragem e prudência! De agora em diante, você pertence à rainha.

– Pertenço à rainha e a você. Serei digno da rainha e do seu amor.

D'Artagnan vestiu uma capa longa, dentro da qual levava uma grande espada, e foi para o Regimento dos Mosqueteiros.

Pela fisionomia do rapaz, Tréville percebeu que o assunto era sério.

– Preciso de sua ajuda para realizar uma missão que envolve a honra e talvez a vida da rainha. Peço que o senhor consiga com o chefe da guarda uma licença de quinze dias para mim, a partir de amanhã. Parto esta noite, sozinho, para Londres.

– Vão matá-lo.

– Morrerei cumprindo meu dever.

– Mas não terá desempenhado sua missão. Em missões arriscadas, é preciso mandar quatro homens para que um chegue ao destino.

– Se o senhor permitir, Atos, Portos e Aramis poderiam ir comigo.

– Vou dar uma licença de quinze dias a eles. O pretexto será a recuperação de Atos numa estação de águas; Portos e Aramis acompanharão o doente. À meia-noite, as licenças estarão na casa de cada um.

– Por precaução, não vou voltar para casa; mande a minha para a casa de Atos.

D'Artagnan agradeceu ao capitão e foi para a casa de Aramis. Encontrou-o melancólico e pensativo. Enquanto conversavam, chegou o mensageiro com a licença. Aramis ia dizer que era engano, mas D'Artagnan fez um sinal para ele.

– Prepare sua bagagem para uma viagem de quinze dias.

– Mas eu não posso sair de Paris...

– A mulher que estava aqui voltou, não é mesmo? A mulher do lenço bordado...

– Quem lhe disse que havia uma mulher aqui? – disse Aramis, pálido.

– Eu a vi, sem querer. Tenho uma conhecida que é amiga dela.

– Ah!... Sabe por acaso para onde ela foi?

– Acho que ela voltou para Tours. Tinha medo de ser presa.

– Por que não me escreveu? – perguntou Aramis.

– Ficou com medo de comprometê-lo.

– D'Artagnan, você me devolveu a vida. Eu achava que tinha sido traído, que ela não gostava mais de mim. Fiquei tão contente de revê-la. Mal pude acreditar que ela tenha arriscado a liberdade para me ver. Sendo assim, posso acompanhá-lo. Para onde vamos?

– Primeiro, vamos à casa de Atos. E rápido!

Aramis chamou Bazin, pediu que preparasse a bagagem e fosse encontrá-los na casa de Atos. Lá chegando, encontraram o amigo com a licença nas mãos.

– Podem me dizer o que significa isso? – perguntou ele.

– Significa que você deve me acompanhar – disse D'Artagnan.

Nesse momento, chegou Portos, todo alegre.

– Desde quando dão licença aos mosqueteiros sem que eles peçam?

– Desde que os amigos peçam para eles – respondeu D'Artagnan.

– Ah! Ah! Parece que temos novidade – disse Portos.

– Vamos partir agora para Londres – disse D'Artagnan.

– Para Londres?! Mas é preciso dinheiro, e eu não tenho nada.

– Mas eu tenho! – exclamou D'Artagnan colocando a bolsa em cima da mesa. – Esta bolsa tem trezentas pistolas: setenta e cinco para cada um, o que dá para ir e voltar. De qualquer modo, não chegaremos todos a Londres.

– Por que não?

– Porque, pela probabilidade, alguns de nós ficarão na estrada.

– Então, vamos para uma campanha? – perguntou Portos.

– E das mais perigosas, já vou avisando – disse D'Artagnan.

– Já que corremos o risco de morrer, gostaria de saber ao menos por quê.

– O rei costuma dar explicação antes dos combates? Não. Ele apenas diz: "Há uma batalha na Gasconha", e nós vamos para o combate.

– Ele tem razão – disse Atos. – Temos a licença que o capitão nos deu e trezentas pistolas que vieram sabe-se lá de onde. Vamos morrer onde estão nos mandando. Estou pronto a acompanhá-lo, D'Artagnan.

– Eu também – disseram Portos e Aramis.

– Vamos viajar juntos. Eu tenho uma carta lacrada para ser entregue em Londres. Se eu for morto, um de vocês pegará a carta e continuará a viagem. Se morrer, outro pegará a carta e seguirá o caminho. O importante é que um de nós leve a carta a seu destino.

*A missão especial* 53

# 13. A viagem

Às duas horas da madrugada, os quatro amigos saíram de Paris. Os criados os seguiam, armados até os dentes. Enquanto estava escuro, eles viajaram em silêncio; só quando o sol nasceu, começaram a falar.

Tudo foi bem até Chantilly, onde pararam para tomar café. Um homem puxou conversa e propôs a Portos um brinde ao cardeal. Portos aceitou, desde que ele concordasse em brindar ao rei. O desconhecido disse que não conhecia outro rei além do cardeal. Portos então se exaltou; chamou-o de bêbado e o homem, ofendido, puxou a espada.

– Você fez bobagem – disse Atos –, mas agora não dá para voltar atrás. Dê cabo desse homem e venha ao nosso encontro o mais rápido possível.

Eles continuaram a viagem até Beauvais, onde pararam para esperar Portos, mas ele não veio e a viagem continuou. Num ponto da estrada em que ela era ladeada por dois barrancos, havia dez homens cavando uma vala no meio da lama. Percebendo que iria se sujar, Aramis soltou uma praga. Atos tentou contê-lo, mas já era tarde. Os homens responderam com tanta grosseria que o próprio Atos perdeu a cabeça e lançou o cavalo para cima deles.

Os trabalhadores foram até a vala e pegaram um mosquete cada um e começaram a atirar. Aramis foi ferido no ombro e Mousqueton, o criado de Portos, tomou um tiro no traseiro e caiu do cavalo.

– É uma emboscada – disse D'Artagnan. – Vamos embora!

Aramis agarrou-se à crina do cavalo e seguiu os companheiros. O cavalo de Mousqueton acompanhou o grupo, que galopou durante duas horas por um atalho

da estrada para não ser molestado. Ao chegarem a uma estalagem, Aramis parou, junto com seu criado Bazin.

Atos e D'Artagnan continuaram a viagem a toda. Agora, eram só quatro. À meia-noite, pararam na Estalagem Lírio de Ouro. Grimaud foi designado para cuidar dos cavalos e deixá-los preparados às cinco horas da manhã; Planchet dormiria na sala, atravessado na frente da porta, por uma questão de segurança.

Às quatro horas da manhã, Grimaud acordou os empregados da estrebaria para preparar os cavalos e levou uma surra violenta deles. O barulho foi tanto que acordou Atos e D'Artagnan. Eles correram para lá e encontraram o pobre Grimaud com a cabeça ferida. Para evitar problemas, decidiram pagar a conta e ir embora. D'Artagnan e Planchet ficaram na porta, à espera de Atos, que foi pagar a despesa. Quando ele entregou o dinheiro, o estalajadeiro gritou:

– Este dinheiro é falso! Vou chamar a polícia!

No mesmo instante, quatro homens armados atacaram Atos.

– Fui pego! Fuja, D'Artagnan – gritou Atos.

D'Artagnan e Planchet montaram e saíram a galope.

– Conseguiu ver o que estava acontecendo com Atos? – perguntou D'Artagnan.

– Vi dois homens caindo aos golpes sobre o senhor Atos e outros dois sendo atacados por ele – respondeu Planchet.

A cem passos da cidade de Calais, onde tomariam o barco para a Inglaterra, o cavalo de D'Artagnan arreou e não houve meio de fazer que ele se levantasse; o cavalo de Planchet também estacou e os dois saíram correndo para o porto. À frente deles ia um nobre com seu empregado, que perguntava a todos onde comprar passagem para a próxima embarcação. Um comandante disse-lhe que desde aquela manhã, para viajar, era preciso uma autorização do cardeal, carimbada pela capitania dos portos.

– Eu tenho essa autorização – disse o homem, tirando o papel do bolso. – Onde fica a capitania dos portos?

O comandante apontou uma casa, no pé do morro, e eles foram para lá. D'Artagnan e Planchet os seguiram.

– O senhor parece estar com muita pressa – disse D'Artagnan.

– Minha pressa não poderia ser maior – respondeu o nobre.

– Eu também estou muito apressado, mas gostaria de lhe pedir um favor: quero a sua permissão de viagem – disse D'Artagnan.

– Acho que está brincando... Deixe-me passar ou acabo com você!

– Planchet, cuide do empregado que eu cuido do patrão – disse D'Artagnan.

Ouvindo isso, o cavalheiro puxou a espada, mas D'Artagnan, em três segundos, golpeou-o três vezes e o homem caiu como uma massa. Então, pegou o papel do bolso dele e viu que estava em nome do conde de Wardes.

Na capitania dos portos, D'Artagnan apresentou-se fingindo que era o conde de Wardes.

– Tem a permissão assinada pelo cardeal?

– Aqui está! O cardeal quer impedir um tal de D'Artagnan de viajar.

– O senhor o conhece?

– Muito!

– Descreva-me como ele é – pediu o capitão.

D'Artagnan descreveu minuciosamente o conde de Wardes, dizendo que ele é que era D'Artagnan.

– Vamos procurá-lo; se for encontrado, será mandado de volta a Paris com uma escolta armada.

Com a permissão de viagem em mãos, D'Artagnan correu para o porto e tomou um barco prestes a partir. Depois de meia hora de viagem, ouviram um tiro de canhão. Ele anunciava o fechamento do porto de Calais.

Às dez horas da manhã, o barco atracou no porto de Dover; em quatro horas, eles chegaram a Londres.

D'Artagnan foi procurar o duque de Buckingham, que estava caçando com o rei. O duque pediu desculpas para se afastar e logo reconheceu D'Artagnan.

– Aconteceu alguma coisa à rainha? – perguntou Buckingham.

– Acho que não, mas ela corre perigo, e apenas Vossa Alteza pode salvá-la.

– Meu Deus! – exclamou Buckingham ao ler a carta. – Patrick, peça desculpas ao rei e diga que devo voltar a Londres para tratar de um assunto grave.

E partiu com D'Artagnan para a capital.

*A viagem* 57

# 14. Novos imprevistos em Londres

Durante a viagem, D'Artagnan contou ao duque de Buckingham o que sabia. O que mais surpreendeu o duque foi o fato de o cardeal não ter conseguido impedir que o emissário da rainha chegasse a seu destino e que um rapaz que ainda não tinha vinte anos se mostrasse tão corajoso, prudente e dedicado.

Chegando ao palácio, eles foram para o quarto do duque. Com uma chave de ouro, ele abriu uma porta, disfarçada atrás de uma tapeçaria.

– Se tiver a oportunidade de ser recebido pela rainha, conte-lhe o que vai ver.

A porta dava para uma pequena sala, que parecia uma capela. Sobre uma espécie de altar, havia um retrato de tamanho natural de Ana da Áustria tão bem-feito que D'Artagnan teve a impressão de estar diante da própria rainha.

No altar havia um pequeno cofre, onde estavam guardados os broches em forma de alfinetes.

– Aqui estão as joias com as quais eu pretendia ser enterrado. A rainha me deu de presente e agora as pede de volta: seja feita a sua vontade.

O duque começou a beijar as joias e, de repente, deu um grito.

– Faltam dois broches! Eram doze e aqui só estão dez!

– Acha que foram roubados?

– Foram roubados! Usei-os há uma semana, no baile de Windsor. A condessa de Winter, com quem namorei tempos atrás e que não falava comigo desde então, não saiu do meu lado. Depois disso, não a vi mais. Foi ela! Ela é espiã do cardeal.

– Os espiões de Richelieu estão em toda parte!

– Ele é um inimigo terrível! Mas, diga-me, quando será o baile da rainha?

– Daqui a cinco dias.

– Temos tempo – disse o duque chamando seu criado.

– Patrick – disse ele –, mande chamar meu joalheiro e meu secretário.

O secretário, que morava no palácio do duque, foi o primeiro a chegar.

– Jackson, comunique ao ministro das Relações Exteriores essas ordens, que devem ser executadas imediatamente.

– E se o rei quiser saber por que está proibida a saída de navios dos portos da Inglaterra? – perguntou o secretário.

– Diga que me decidi a favor da guerra e que este é o primeiro ato de hostilidade contra a França.

– Quanto a isso, estamos tranquilos – disse Buckingham a D'Artagnan depois que o secretário saiu. – Se as joias estiverem na Inglaterra, não poderão sair daqui.

D'Artagnan ficou espantado. Aquele homem colocava o poder que o rei lhe proporcionava a serviço do seu amor. O duque percebeu o que o rapaz pensava.

– Ana da Áustria é minha verdadeira rainha. A uma palavra dela, trairei meu país e meu rei. Ela me pediu que não mandasse o auxílio que eu havia prometido aos protestantes de La Rochelle e eu não mandei.

D'Artagnan refletia como eram frágeis e misteriosos os fios que conduziam os destinos de um povo quando o joalheiro chegou.

– Em quantos dias você faria dois broches de brilhantes iguais a esses?

– Em oito dias, milorde.

– Eu pagarei três mil para que os faça para depois de amanhã. Mas eles têm de ser feitos aqui no palácio.

O joalheiro mandou avisar a mulher e começou imediatamente o trabalho.

– Agora, meu jovem, a Inglaterra nos pertence. O que deseja?

– Dormir! Esse é o meu maior desejo.

Enquanto D'Artagnan dormia, foi promulgada a ordem proibindo qualquer navio de ir da Inglaterra para a França – nem mesmo o do Correio.

Dois dias depois, às onze horas da manhã, os alfinetes de brilhantes estavam prontos. Eram tão exatamente iguais aos outros, que Buckingham não reconheceu quais eram os novos.

– Não sei como lhe agradecer pelo que fez... – disse o duque a D'Artagnan.

– Milorde, estou a serviço do rei e da rainha da França. Se for declarada a guerra entre a França e a Inglaterra, será meu inimigo. Não se preocupe, porém, pois cumprirei minha missão até o fim.

– Vá ao porto, procure o navio *Sund* e entregue este cartão ao comandante. Ele o levará a um pequeno porto francês de pescadores chamado Saint-Valéry, onde só há uma estalagem. Procure o dono e diga: "Avante!". É a senha para o homem lhe entregar um cavalo selado e indicar o caminho que deverá tomar. Durante o caminho, encontrará quatro cavalos para trocar. Tenha a gentileza de aceitar esses cavalos: um para você, os outros três para seus amigos. Depois da viagem, eles serão entregues na sua casa.

– Aceito, milorde. Queira Deus que possamos fazer bom uso desse presente.

Eles apertaram as mãos e D'Artagnan saiu à procura do *Sund*. Entregou a carta ao comandante e o navio partiu logo depois. Cinquenta navios estavam ancorados no cais aguardando o fim da proibição. Num deles, D'Artagnan viu uma mulher que lembrava a que vira em Meung, a quem o desconhecido chamara de Milady.


No dia seguinte, às nove da manhã, D'Artagnan estava na França. Em Saint-Valéry, procurou o estalajadeiro, recebeu o cavalo e as indicações a seguir. Em Neufchâtel, as coisas se passaram da mesma forma, e às nove horas da noite, depois de ter percorrido a galope trezentos e sessenta quilômetros em doze horas, chegou a Paris. Foi direto para a Guarda Real, como se nada tivesse acontecido.

# 15. O baile dos mascarados

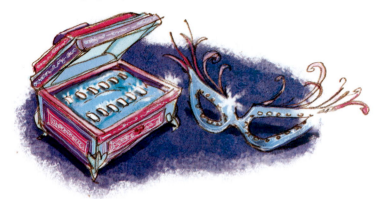

Os preparativos para o baile ocuparam toda a semana. Finalmente, o dia chegou. À meia-noite, Luís XIII saiu do palácio, com seu irmão e outras personalidades, e foi para a prefeitura, onde se realizaria a festa. Quando o baile começasse, todos colocariam máscaras e fantasias, inclusive o rei.

Meia hora depois, chegou Ana da Áustria, com expressão triste. Ao vê-la, o cardeal deu um sorriso terrível e logo avisou o rei que ela não estava com as joias. Muito pálido, Luís XIII foi falar com a rainha, acompanhado de Richelieu.

– Senhora, por que não está usando os broches de brilhantes como lhe pedi?

– Senhor, tive medo de perdê-los, no meio de tanta gente.

– Fez mal, senhora! – disse o rei com voz trêmula de raiva. – O presente que lhe dei era justamente para ser usado nessas ocasiões.

– Posso mandar buscar os broches no palácio.

– Faça isso, senhora, e rápido. Dentro de uma hora, o baile vai começar.

Os convidados foram vestir as fantasias. Luís XIII foi o primeiro a voltar ao salão, vestido de caçador. Richelieu aproximou-se dele e entregou-lhe uma caixa com os dois alfinetes de brilhantes roubados do duque de Buckingham.

– Se a rainha usar os broches, o que eu duvido, conte-os. Se ela estiver usando apenas dez, pergunte quem roubou os que faltam: são esses dois.

Nesse momento, a rainha entrou no salão. Todos pararam para admirá-la. Era a mulher mais bela da França! Vestida de caçadora, usava um chapéu de feltro com plumas azuis, da mesma cor da saia de cetim bordada de brilhantes. Sobre o corpete de veludo, um laço de cetim azul com os alfinetes de brilhantes.

Ao vê-la, o rei ficou exultante e o cardeal, encolerizado. À distância em que se encontravam, porém, não era possível contar os broches. Os músicos começaram a tocar. O rei deveria dançar a primeira música com a mulher do presidente da Câmara e a rainha com seu cunhado, o duque de Orleans. Ao fim da dança, que durou uma hora, Luís XIII foi ao encontro de Ana da Áustria.

– Agradeço, senhora, por ter atendido a meu pedido, mas acho que estão faltando dois alfinetes, que trago aqui para lhe dar.

– Como, senhor! – exclamou a rainha, fingindo surpresa. – Está me dando mais dois? Eram doze e agora serão catorze!

Luís XIII chamou Richelieu.

– O que significa isso? – perguntou em tom severo.

– Significa que eu queria presentear os dois alfinetes à rainha e, não ousando dá-los diretamente a ela, adotei esse estratagema.

– Agradeço a Vossa Eminência – disse a rainha.

No salão, D'Artagnan assistia a tudo, de longe. Depois de presenciar o triunfo da rainha sobre o cardeal, estava saindo da prefeitura quando alguém tocou em seu ombro. Era uma mulher mascarada, que fez sinal para que a seguisse. Ele logo reconheceu Constance Bonacieux. (Na véspera, eles mal haviam se falado. Constance pegara os broches que ele trouxera e correra para entregá-los à rainha.)

D'Artagnan queria parar para contemplá-la, mas Constance andava rápido. Levou-o a uma sala escura; abriu uma porta que ficava atrás de uma tapeçaria e desapareceu.

O ar perfumado que se sentia e a conversa de mulheres que repetiam as palavras "Majestade" indicavam que ele estava junto aos aposentos da rainha. De repente, a porta se entreabriu e apareceu a mão de uma mulher.

D'Artagnan entendeu que era a sua recompensa. Ajoelhou-se e beijou a mão que se estendia na sua direção. A mão logo se retirou, deixando entre as suas um anel. O ruído de vozes foi se afastando e Constance apareceu. Eram três horas da manhã. O baile terminara e a ceia estava sendo servida.

– Você deve sair por onde entrou – disse ela.

– Mas quando poderemos nos encontrar? – perguntou ele.

– Há um bilhete na sua casa. Agora, vá!

# 16. O encontro

D'Artagnan foi correndo para casa. Planchet contou-lhe que alguém entrara no quarto – não sabia dizer como – e deixara uma carta.

*Tenho muitos agradecimentos a lhe transmitir. Esteja por volta das dez horas da noite em Saint-Cloud, em frente à casa de campo do senhor D'Estrées.*

*C. B.*

O coração de D'Artagnan deu pulos de alegria. Era o primeiro bilhete que recebia; o primeiro encontro que ela marcava. Beijou o bilhete e foi se deitar. Às sete da manhã, levantou-se e chamou Planchet.

– Vou passar o dia fora. Às sete horas da noite, esteja pronto com dois cavalos.

– Vamos viajar de novo? – perguntou Planchet.

– Fique tranquilo – disse D'Artagnan –, vamos fazer um passeio.

– Estarei pronto, senhor. Mas só temos um cavalo.

– Agora só temos um, mas à noite teremos quatro – disse D'Artagnan.

Bonacieux estava na porta. D'Artagnan pretendia passar despercebido, mas o homem cumprimentou-o com tanta afabilidade que ele teve de parar.

– O senhor descobriu quem raptou sua mulher?

– Não sei, nem ela sabe. E você, onde passou os últimos dias?

– Fui com meus amigos levar Atos à estação de águas termais de Forges, para ele se recuperar. Meus amigos ainda não voltaram.

– Mas você voltou, não é mesmo? – disse Bonacieux com malícia. – Sua namorada não deve deixá-lo ficar longe por muito tempo...

– Não dá para esconder nada do senhor, não é? – disse D'Artagnan, rindo.

– Você vai chegar tarde? Depois que fui preso, eu me assusto com qualquer barulho.

– Não se assuste se eu chegar à uma, às duas ou às três da manhã.

– Divirta-se – disse Bonacieux.

Mas o rapaz já estava longe para ouvir o que ele dizia. Foi procurar Tréville, que estava de muito bom humor: durante o baile, o rei e a rainha haviam sido bastante gentis com ele.

– Agora, vamos falar de você – disse Tréville. – Ficou claro que a sua viagem tem a ver com o bom humor do rei, a vitória da rainha e a derrota do cardeal. É preciso tomar muito cuidado!

– Acha que o cardeal sabe que estive em Londres?

– Por Deus! Você esteve em Londres! Foi de lá que trouxe este anel?

– Ganhei este anel de brilhantes da rainha – disse D'Artagnan.

– Vou lhe dar um conselho de amigo: venda esse anel o mais rápido possível. Um soldado do interior não usa uma joia como essa. Fique atento, D'Artagnan! Desconfie de todos, especialmente da namorada: Richelieu costuma utilizar as mulheres como espiãs.

D'Artagnan refletiu um pouco. Não conseguia desconfiar de Constance.

– E os seus amigos, onde estão? – perguntou Tréville.

– Portos ficou num duelo em Chantilly, Aramis em Crèvecoeur, com uma bala no ombro, e Atos em Amiens, acusado de estar com dinheiro falso.

– Está vendo como o braço do cardeal é longo? Se eu fosse você, enquanto o cardeal o procura em Paris, eu iria procurar seus amigos.

– É um bom conselho. Irei amanhã mesmo.

Na estrebaria da Guarda Real, o gascão encontrou os três cavalos que o duque de Buckingham lhe mandara. Planchet, muito impressionado, cuidava deles.

– Gostaria de perguntar-lhe uma coisa: confia no senhor Bonacieux?

– De jeito nenhum! – respondeu D'Artagnan.

– Hoje, quando o senhor conversava com ele, percebi que ele ficou muito inquieto. Assim que o senhor se foi, ele saiu atrás.

Por precaução, naquela noite D'Artagnan não voltou para casa.

# 17. O que aconteceu em Saint-Cloud

Às nove horas da noite, D'Artagnan encontrou Planchet inteiramente armado, no quartel da Guarda Real. O quarto cavalo havia chegado.

Os dois montaram e seguiram para Saint-Cloud. Planchet estava inquieto:

– O senhor Bonacieux não me sai da cabeça! Principalmente a expressão maldosa dos seus olhos.

Quando estavam próximos a Saint-Cloud, Planchet se queixou do frio.

– Entre nessa estalagem e passe a noite aí – disse D'Artagnan saltando do cavalo e entregando as rédeas ao criado. – Amanhã, às seis horas, estarei aqui.

D'Artagnan enrolou-se na capa e se embrenhou na estrada escura que levava à cidade. Chegou ao local do encontro com Constance e ficou à espera. O silêncio era absoluto. Parecia que estava a quinhentos quilômetros da capital e, no entanto, podia avistar Paris, envolta na neblina.

O relógio da igreja deu dez badaladas. D'Artagnan olhou para a casa, esperando algum sinal de Constance. Só havia uma janela iluminada.

Depois de meia hora, ele bateu palmas. Ninguém respondeu. Mais meia hora se passou. Então, subiu na árvore que havia em frente à janela e ficou horrorizado com o que viu. A porta do quarto tinha sido arrombada, um vidro da janela estava quebrado, a mesa posta para a ceia estava caída, e o chão, coberto de cacos de louça e frutas pisadas. Tinha havido uma luta violenta ali!

Descendo da árvore, viu marcas de rodas de carruagem, cascos de cavalo e pés de pessoas. As marcas da carruagem vinham da direção de Paris, davam meia-volta em frente à casa e continuavam pela estrada.

D'Artagnan estava profundamente angustiado. Quanto mais pensava, mais desesperado ficava. Num canto do quintal havia uma casinha. Foi até lá e bateu violentamente na porta. Ninguém respondeu. Mas ele continuou insistindo até que um velho apareceu pela janela entreaberta.

D'Artagnan disse que tinha encontro marcado com uma moça em frente à casa e, como ela não chegava, subiu na árvore e viu o quarto todo destruído.

– Pelo amor de Deus, diga-me o que aconteceu! – implorou ao velho. – Se me disser o que sabe, dou-lhe minha palavra de que não contarei a ninguém.

O velho percebeu a franqueza e a dor no rosto do rapaz e disse em voz baixa:

– Às nove horas, ouvi barulho e fui ver o que era. Quatro homens tentavam abrir a porta. Na calçada, havia uma carruagem e três cavalos. Perguntei o que queriam e eles me pediram uma escada. Entreguei a escada e voltei para casa. Mas saí pela porta dos fundos para espiar o que iam fazer. Eles puseram a escada junto à janela iluminada, um velho baixo e gordo subiu e disse para os outros: "É ela". O homem que tinha falado comigo abriu a porta da casa com uma chave e os outros dois subiram pela escada. O velhote ficou esperando junto à carruagem. De repente, ouvi gritos. Uma mulher se debruçou na janela, como se fosse se atirar, mas quando viu os dois homens, voltou para dentro. A mulher gritava, pedindo socorro, porém seus gritos foram abafados. Dois homens desceram pela escada, carregando a mulher para a carruagem. O velho entrou na carruagem, os três homens montaram a cavalo e partiram juntos.

D'Artagnan ficou mudo. O ciúme e a raiva o aturdiam.

– Saberia me dizer como era o homem que falou com o senhor?

– Era alto, de olhos e cabelos pretos, e usava bigode.

– É ele! – gritou D'Artagnan. – O diabo de Meung! E o velhote, como era?

– Não tinha espada e os outros não o tratavam com consideração nenhuma.

O rapaz agradeceu ao velho, prometendo manter segredo absoluto. Não podia acreditar que Bonacieux tivesse participado daquilo.

# 18. A boa vida de Portos e a vocação de Aramis

D'Artagnan foi diretamente ao Regimento dos Mosqueteiros.

— Hum! — disse Tréville depois de ouvir o relato do rapaz. — Dá para perceber o dedo do cardeal nisso tudo. Como já lhe disse, você tem de sair imediatamente de Paris. Vou contar à rainha o rapto da sua camareira e, quem sabe, quando tiver voltado, eu terei novidades para você.

Resolvido a seguir o conselho do capitão, foi para casa preparar a mala. Bonacieux estava na porta, com ar malicioso e maldoso.

— Parece que a sua noitada foi boa! Mas onde diabo se meteu? — disse ele olhando para as botas de D'Artagnan, cobertas de lama.

Ao olhar para as suas botas, o rapaz viu que os sapatos de Bonacieux também estavam enlameados. Então, ele se lembrou da figura do velhote baixo e gordo que participara do rapto.

— Os seus sapatos não ficam atrás. Onde o senhor esteve?

— Ah, meu Deus! Ontem estive em Saint-Mandé à procura de uma criada.

Essa resposta confirmava a suspeita de D'Artagnan. O homem tinha escolhido Saint-Mandé por ser a cidade que ficava do lado oposto a Saint-Cloud. Para tentar descobrir mais alguma coisa, o rapaz pediu a Bonacieux um copo de água. Entrando em casa dele, deu uma rápida olhada em todos os aposentos e percebeu que a cama estava arrumada: ninguém havia dormido ali.

Quando entrou em casa, encontrou Planchet preocupado.

— O senhor não imagina quem esteve aqui, há meia hora! — disse ele.

– Quem?

– O capitão da guarda do cardeal!

– O capitão em pessoa? – espantou-se o rapaz. – Ele veio me prender?

– Fiquei bastante desconfiado. Ele veio com um jeito educado, dizendo que o cardeal gostava muito do senhor e queria que fosse com ele para o Palácio do Louvre. Quando perguntou onde o senhor estava, respondi que tinha ido para Troyes.

– Planchet, você vale ouro! Agora, temos de sair correndo de Paris!

– Era o que eu ia sugerir. Para onde vamos?

– Vamos na direção oposta a Troyes. Precisamos encontrar Atos, Portos e Aramis. Prepare a bagagem e me encontre na estrebaria da Guarda Real.

– Quantos cavalos devo selar?

– Cinco! Vamos levar cavalos para os meus amigos.

Em Chantilly, foram à estalagem em que haviam deixado Portos. Ele ainda estava lá.

– Estou preocupado – disse o estalajadeiro –, porque a conta dele é muita alta.

– Mousqueton também está aqui?

– Está, e age pior que o patrão: quando quer alguma coisa, não pede, pega.

D'Artagnan encontrou Portos deitado, jogando cartas com Mousqueton. Na lareira, havia um espeto com perdizes e, no fogão, coelho e caldeirada de peixe.

– Seja bem-vindo, D'Artagnan! Infelizmente, não posso me levantar. Quando me lancei sobre o adversário, pisei numa pedra e machuquei o joelho.

– Que azar! Mas é por causa desse machucado que está de cama?

– Sim, porém logo estarei de pé. Como é muito chato ficar na cama, chamei um cavalheiro para jogar comigo. E perdi o dinheiro que você me deu, mais o meu cavalo. Como não posso sair da cama, Mousqueton providencia a comida.

– Sei caçar e pescar – disse Mousqueton. – É por isso que não nos faltam galinhas, perdizes, coelhos, frutas e peixes.

– E o vinho? É o estalajadeiro que fornece?

– O vinho é dele, mas ele não sabe que o fornece – disse Mousqueton. – Aprendi com um espanhol a laçar garrafas e é isso o que tenho feito. Descobri onde estão os melhores vinhos e só laço esses.

Durante o almoço, D'Artagnan contou a Portos como havia sido a viagem até Londres, sem entrar em detalhes, e disse que havia trazido um cavalo para ele.

D'Artagnan seguiu viagem pensando em Constance. Na estalagem de Crèvecoeur, perguntou por Aramis.

– Ele está conversando com o padre e o superior dos jesuítas.

– Coitado! Está tão mal assim?

– Não, ele está muito bem, mas decidiu entrar para a Igreja.

D'Artagnan encontrou Bazin montando guarda à porta do quarto. Seu sonho era trabalhar para um padre, e esse sonho, agora, estava perto de se realizar. Apesar da resistência do criado, o gascão conseguiu entrar no quarto do amigo.

– Prazer em vê-lo, D'Artagnan – disse Aramis com certo distanciamento.

– O prazer é meu, apesar de não ter certeza de estar falando com o Aramis que conheço. Este quarto mais parece uma cela religiosa.

Os dois homens vestidos de negro lançaram um olhar ameaçador para ele.

– Se estiver incomodando, vou embora – disse o gascão.

– Você chegou em boa hora – disse Aramis. – Estamos conversando sobre minha tese.

– Que tipo de tese?

– A tese que deve ser apresentada no exame, antes da ordenação como padre.

– Ordenação?! – exclamou D'Artagnan, incrédulo.

Aramis fez uma longa explicação de sua tese em latim e em seguida os religiosos foram embora.

– Retomei o projeto de vida que sempre tive vontade de seguir, D'Artagnan. Vamos jantar daqui a pouco. Como é sexta-feira, não como carne. A refeição será espinafre, mas, para você, mandarei fazer omelete.

– Não é um jantar muito animador, mas, pela companhia, vale a pena.

– O meu ferimento foi um aviso do céu – disse Aramis.

– Isso não é nada! O seu problema não é essa ferida... é uma ferida no coração.

– A vida não passa de uma série de feridas...

– Quer dizer que está mesmo disposto a renunciar a tudo?

– Para sempre! – respondeu Aramis.

*A boa vida de Portos e a vocação de Aramis*

– Eu lhe trouxe uma carta, mas, nesse caso, vou queimá-la.

– Carta?! Que carta? – exclamou vivamente Aramis.

– Foi entregue na sua casa – disse D'Artagnan. – Aqui está.

Aramis devorou a carta. Num instante, sua fisionomia se transformou.

– Obrigado, D'Artagnan! Ela não me esqueceu, ela me ama! Foi obrigada a ir para Tours, como você tinha me dito. Deixe-me dar-lhe um abraço. Que alegria!

E os dois se puseram a dançar em volta dos papéis da tese de Aramis, que tinham caído no chão. Bazin entrou, trazendo o espinafre e a omelete.

– Fora! – gritou Aramis. – Leve de volta a omelete e a verdura e traga uma lebre assada com toucinho, um frango caipira gordo, um cordeiro bem temperado e o melhor vinho da Borgonha!

# 19. Uma história de amor na vida de Atos

Faltava saber o que tinha acontecido com Atos. Chegando à estalagem em que ele havia ficado, o estalajadeiro contou a D'Artagnan que a polícia fora avisada de que um falsário passaria por ali, acompanhado de homens vestidos de mosqueteiros. Na luta com os policiais, Atos conseguiu se safar e se escondeu na adega.

– Fui procurar o prefeito, que me contou que havia sido cometido um erro: o verdadeiro falsário tinha fugido – disse o dono da estalagem. Corri à adega para libertá-lo; ele tinha montado uma barricada e disse que eu teria de me submeter às suas condições. Pediu que eu mandasse o criado dele, armado, para lá. Quando Mousqueton entrou na adega, ele fez outra barricada atrás da porta e nos mandou embora.

– E onde ele está agora? – perguntou D'Artagnan.

– Na adega! Quando tentamos entrar lá, ele dá tiros como um louco. Todas as provisões estão na adega: vinho, cerveja, azeite, presunto, salsicha, linguiça. Perdemos a freguesia porque não temos o que oferecer aos hóspedes. Estou arruinado!

Enquanto conversavam, dois hóspedes ingleses vieram reclamar comida. Como o estalajadeiro disse que não tinha refeição para servir, eles foram para a adega armados, dispostos a arrombar a porta.

– Calma! – exclamou D'Artagnan, tirando duas pistolas dos bolsos.

– Meu Deus! – exclamou Atos. – É a voz de D'Artagnan!

– Sou eu, sim, Atos!

Os ingleses começaram a dar chutes na porta da adega.

– Afaste-se, D'Artagnan – disse Atos –, vou atirar!

Os ingleses desembainharam as espadas.

– Cavalheiros – disse D'Artagnan, cujo bom senso nunca o abandonava –, pensem bem. Eu e meu criado podemos dar três tiros cada um e o pessoal da adega também. Além isso, temos espadas e lutamos bem. Deixe-me cuidar disso e daqui a pouco os senhores estarão tomando vinho.

– Se tiver sobrado... – disse Atos com voz pastosa.

– O que está dizendo?! – gritou o estalajadeiro.

– Senhores – disse D'Artagnan –, subam, por favor, e esperem dez minutos.

Depois que os ingleses saíram, D'Artagnan gritou:

– Agora estou só. Pode abrir, Atos!

Ouviu-se um grande barulho enquanto Atos desfazia a barricada. Ele abriu a porta e surgiu, pálido. D'Artagnan abraçou-o e percebeu que ele cambaleava.

– Está ferido?

– Não. É que bebi demais...

Mousqueton apareceu atrás do patrão, todo lambuzado de azeite. Enquanto D'Artagnan, Atos e Mousqueton se instalavam num quarto, o estalajadeiro e a mulher entraram na adega. Que desastre! Poças de vinho e de azeite e restos de presunto e linguiça estavam espalhados por todo o chão. O estalajadeiro pegou um espeto e saiu correndo atrás de Atos.

– Vinho! – pediu Atos quando o viu.

– Vinho?! – gritou o homem. – Já bebeu mais de cem pistolas! Todo o azeite está perdido! E os presuntos e as linguiças acabaram!

– Foram os ratos da adega – disse Atos.

– O senhor tem de pagar tudo!

– Muito bem – disse Atos. – Quando vim pagar a conta, deixei a bolsa com sessenta pistolas em cima da mesa. Onde está?

– Entreguei para a prefeitura.

– Então vá buscá-la e fique com o dinheiro.

– Mas a prefeitura não devolve o que é entregue lá.

– Fique com o cavalo e está tudo acertado – disse D'Artagnan.

– Como? Está vendendo meu cavalo? – disse Atos.

— Trouxe outro para você.

— É um cavalo magnífico! – disse o estalajadeiro.

— Bem, nesse caso, vamos comemorar! – propôs Atos.

D'Artagnan contou ao amigo como tinha sido sua viagem a Londres e como estavam Portos e Aramis.

— Mas o que aconteceu com você? – perguntou Atos. – Parece triste...

— Sou o mais infeliz dos quatro – disse D'Artagnan. – Constance foi raptada.

— Ah! Isso não é nada – disse Atos. – Vou contar-lhe uma história de amor. Um amigo meu, o conde de Berry, aos vinte e cinco anos apaixonou-se por uma linda garota de dezesseis, que morava numa aldeiazinha, com o irmão, que era padre. Ninguém sabia nada sobre a vida deles, nem de onde tinham vindo. Meu amigo, que era um grande fazendeiro, não pensou duas vezes: casou-se com a menina. Um dia em que ela cavalgava com o marido, caiu do cavalo e desmaiou. Como ela estava respirando com dificuldade, o conde tirou a blusa dela... e encontrou uma flor-de-lis no seu ombro. Ela estava marcada, a fogo, com a marca que os carrascos põem nos criminosos! O conde era um homem justo. Amarrou as mãos da moça atrás das costas e a enforcou.

— Matou a mulher?!

— Matou a mulher. Essa história me vacinou contra as mulheres bonitas.

D'Artagnan ficou aturdido com a confissão de Atos. Tinha certeza de que era ele o marido que tinha matado a mulher. No dia seguinte, tentou retomar a conversa, mas Atos estava discreto e impenetrável como de hábito e disse apenas:

— Eu estava completamente bêbado ontem e falei um monte de besteiras.

— Também eu bebi muito e não estou me lembrando de nada do que você disse.

Atos olhou bem nos olhos de D'Artagnan, tentando descobrir se ele estava sendo sincero. Então, mudou de assunto.

— Meu amigo, agradeço o cavalo que me deu. Mas veja só o que aconteceu: joguei o cavalo nos dados com um inglês... e perdi.

— Fez muito mal, Atos!

— Mas a história ainda não acabou. Tive a ideia de apostar o seu cavalo.

— O quê?! – exclamou D'Artagnan. – O meu cavalo?!

– Joguei o seu cavalo e perdi!

– Você ficou louco, Atos!

– Ainda há mais. Joguei o seu anel de brilhantes.

– O quê?! Você teve coragem?

– Se eu ganhasse, pagaria o prejuízo dos dois cavalos... mas perdi!

– E eu que achava que você era o mais sensato de todos...

– Passei quinze dias fechado dentro de uma adega sem ver ninguém; quando saí, deu nisso. Mas ainda não acabei, D'Artagnan. Joguei Grimaud...

Apesar de estar chateado, D'Artagnan deu uma risada. Era inacreditável!

– ... e recuperei o anel de brilhantes e os arreios dos cavalos – continuou Atos.

– Mas arreios sem cavalos...

– Tenho uma ideia – disse Atos. – Vou propor aos ingleses uma última aposta: os dois arreios contra um cavalo ou cem pistolas.

D'Artagnan jogou os dados e ganhou.

– Prefira o dinheiro – sugeriu Atos. – Nós voltaremos nos cavalos dos criados. Assim, teremos dinheiro quando chegarmos a Paris.

E, dessa forma, eles começaram a viagem de volta, seguidos a pé pelos criados. Chegando a Crèvecoeur, encontraram Aramis muito triste.

– Acabo de vender meu cavalo inglês por sessenta moedas! – disse ele.

Atos e D'Artagnan caíram na gargalhada. Logo em seguida, chegaram Planchet e Grimaud, trazendo as selas na cabeça.

– Rápido, Bazin! Faça como seus amigos. Pegue as selas do meu cavalo e vamos embora! – disse Aramis.

E os três foram ao encontro de Portos, que jantava sozinho com uma quantidade de comida suficiente para abastecer quatro pessoas.

Quando estavam jantando, Atos perguntou:

– Sabem o que estamos comendo?

– Carne de vaca com toucinho – respondeu D'Artagnan.

– Para mim, é carneiro – disse Portos.

– Frango – disse Aramis.

– Todos vocês erraram – afirmou Atos. – Estamos comendo carne de cavalo!

– Carne de cavalo?! – exclamaram os outros. Só Portos não disse nada.

– É carne de cavalo, não é mesmo, Portos?

– Fiquei com a sela como lembrança.

– É impressionante como somos parecidos! – exclamou Aramis.

De volta a Paris, D'Artagnan foi ao encontro dos amigos, que estavam reunidos na casa de Atos, muito sérios. Tinham sido avisados por Tréville de que deveriam estar com seu armamento completo, pois entrariam em campanha no dia 1º de maio. Faltavam apenas quinze dias e eles não tinham um tostão para se equipar!

Mas D'Artagnan não estava preocupado com isso. Pensava o tempo todo em Constance; não tinha nenhuma notícia dela. Um dia, durante a missa, ele viu uma moça muito bonita. Quando ela virou o rosto, D'Artagnan estremeceu. Era Milady, a mulher que ele vira conversando com o homem de Meung. No final da missa, D'Artagnan e Planchet a seguiram. Ela entrou numa carruagem e disse ao cocheiro para ir a Saint-Germain. Quando D'Artagnan e Planchet chegaram lá, pararam em frente a uma casa onde estava Lubin, o criado do conde de Wardes – o homem de quem D'Artagnan tinha tirado o documento para poder embarcar para Londres.

Planchet foi puxar conversa com Lubin, que, por sorte, não o reconheceu. Enquanto isso, D'Artagnan escondeu-se numa viela próxima. Logo em seguida, a carruagem de Milady chegou. A ama desceu da carruagem e foi entregar um bilhete a Lubin, mas ele tinha entrado em casa, e na porta estava apenas Planchet. A moça entregou o bilhete para Planchet, dizendo-lhe:

– É para seu patrão!

O bilhete dizia o seguinte:

*Uma pessoa que se interessa mais pelo senhor do que pode demonstrar quer saber quando poderá dar um passeio com ela. Amanhã, um criado vestido de preto aguardará sua resposta na Estalagem Dourada.*

– Muito bem, Planchet, você é o melhor criado que existe! Agora, vamos atrás de Milady! – exclamou D'Artagnan.

Em cinco minutos, eles alcançaram a carruagem parada no caminho. Milady conversava com um cavalheiro, em inglês, língua que D'Artagnan não compreendia, mas pelo tom da voz ela estava zangada. Em resposta, o homem ria, o que a enraivecia ainda mais. D'Artagnan achou que devia intervir.

– Senhora, posso ajudá-la? Parece que este cavalheiro a está importunando.

– Aceitaria sua ajuda com muito prazer – disse ela em excelente francês – se a pessoa com quem estou conversando não fosse meu irmão.

– Ah, nesse caso, peço desculpas...

– O que quer este intrometido? – disse o homem em francês.

– Cuidado com o que fala! – respondeu D'Artagnan.

Enquanto eles discutiam, Milady deu ordem ao cocheiro de ir para casa. O desconhecido ia seguir a carruagem, mas D'Artagnan o segurou. Acabara de reconhecê-lo: era o inglês que ganhara no jogo o cavalo de Atos e por pouco não tinha ficado com o seu anel de brilhantes.

– Temos uma conta antiga para resolver – disse D'Artagnan.

– Não vê que estou desarmado? – respondeu o inglês.

– Pois então venha se bater comigo, atrás do Palácio de Luxemburgo, às seis horas da tarde. E traga testemunhas.

– Muito bem. Agora, gostaria de saber quem é o senhor.

– Sou D'Artagnan, fidalgo gascão, da Guarda Real.

– Sou lorde de Winter, barão de Sheffield.

D'Artagnan saiu de lá e foi diretamente para a casa de Atos, onde montou intimamente um plano – que conheceremos a seguir e que o fez sorrir e sonhar.

# 20. Ingleses e franceses, uma briga histórica

Acompanhados pelos criados, os quatro amigos encontraram-se com o inglês e três testemunhas no local marcado para o duelo. Cada um tinha seu próprio estilo. Atos esgrimia como se estivesse numa aula. Portos, agora, agia com prudência e esperteza. Aramis se batia com pressa, pensando no poema que estava escrevendo. Com uma única estocada, Atos matou seu adversário. Portos derrubou o seu inglês no chão e Aramis atacava o seu com tanta fúria que ele saiu correndo.

D'Artagnan lutava na defensiva; quando percebeu que lorde de Winter estava cansado, conseguiu desarmá-lo. Sem a espada, ele começou a recuar até que escorregou e caiu de costas. D'Artagnan pôs a espada na garganta dele.

– Poderia matá-lo, mas vou lhe dar a vida em homenagem à sua irmã.

O gascão não cabia em si de contente, pois acabava de pôr seu plano em prática. O inglês ficou ainda mais feliz que ele e deu-lhe um abraço.

– Agora, meu caro amigo, vou apresentá-lo à minha irmã, lady Clarick. Como ela está bem entrosada na corte francesa, pode vir a lhe ser útil.

O encontro com Milady preocupava o rapaz. Ele se lembrava das circunstâncias estranhas em que ela havia aparecido em sua vida. Para ele, a inglesa era agente do cardeal; mesmo assim, sentia um interesse tão forte por ela que não conseguia reprimi-lo. Foi conversar com Atos, que estranhou o interesse dele por Milady e pediu que tivesse muito cuidado com aquela mulher.

Na casa de Milady, lorde de Winter contou a ela o duelo nos mínimos detalhes e fez um brinde a D'Artagnan, que lhe salvara a vida. No dia seguinte, o gascão a visitou de novo e ela lhe perguntou se ele não gostaria de trabalhar para o cardeal.

D'Artagnan elogiou o cardeal e disse que só estava na Guarda Real porque conhecia o senhor de Tréville.

Ele voltou à casa de Milady várias vezes até que, uma noite, a camareira que o recebeu disse que precisava falar com ele e o levou para seu quarto.

– Cuidado com essa mulher! Ela não gosta do senhor. Veja só o que ela escreveu para o conde de Wardes:

*Não recebi resposta ao bilhete que lhe mandei. Ainda não se recuperou do ferimento ou já se esqueceu de como me olhava no baile?*

– Quero me vingar dela. Você me ajudaria?

– Depende do que pretende fazer.

Uma campainha os interrompeu. Assustada, a camareira disse:

– Meu Deus! É Milady que está me chamando. O senhor tem de ir embora, já!

D'Artagnan entrou no armário e trancou-se por dentro para ouvir a conversa.

– O que está fazendo, Ketty? Está dormindo? – gritou Milady, abrindo a porta para o corredor que comunicava com o quarto da camareira.

– Estou aqui, Milady!

– O gascão não veio hoje.

– O que pretende fazer, Milady?

– Vou me vingar! Quase perdi a confiança do cardeal por culpa dele!

– Pensei que a senhora gostasse dele...

– Eu detesto aquele homem! Um bobalhão que teve a vida de lorde de Winter nas mãos e não acabou com ele! Se meu cunhado morresse, eu receberia uma herança de trezentas mil libras!

– Mas a senhora se vingou da mulher que ele gosta!

– Ah!, a mulher do comerciante! Já não me lembrava mais disso.

Um suor frio corria pelo rosto de D'Artagnan. Aquela mulher era um monstro!

– Bem, agora vou me deitar – disse Milady. – Veja se amanhã me traz uma resposta da carta que mandei para o conde de Wardes.

Quando D'Artagnan saiu do armário, perguntou se a camareira sabia onde estava Constance Bonacieux. A moça não tinha ideia, mas prometeu que entregaria a ele a correspondência endereçada ao conde de Wardes.

Dois dias depois, Ketty chegou à casa de D'Artagnan com um bilhete:

*Esta é a terceira vez que lhe escrevo para dizer que o amo. Tome cuidado, senão da quarta vez escreverei para dizer que o detesto.*

D'Artagnan escreveu a seguinte resposta, assinando com o nome do conde de Wardes:

*Senhora, como nas últimas semanas não me senti bem, não tive condições de lhe escrever. Hoje, às onze horas, irei visitá-la. Sou o mais feliz dos homens.*

Enquanto Ketty entregava o bilhete à patroa, D'Artagnan chegava à casa de Atos para uma reunião sobre os preparativos para a guerra. Os quatro conversavam, quando Mousqueton veio buscar Portos, pois uma figura importante estava à sua espera. Em seguida, chegou Bazin dizendo que um mendigo, vindo de Tours, queria falar com Aramis.

Ao ouvir o nome da cidade em que estava a sua amada, Aramis saiu correndo. Ficaram apenas Atos e D'Artagnan.

– Por falar em mulheres – disse Atos –, o senhor de Tréville comentou que você está se relacionando com uma inglesa e um inglês protegidos pelo cardeal.

– Tenho visitado Milady – disse D'Artagnan. – Descobri que ela está envolvida no rapto de Constance. Odeio essa mulher!

– Entendo a sua tática – disse Atos. – Para encontrar uma mulher, está cortejando outra.

Enquanto eles conversavam, Aramis encontrou o mendigo, que lhe entregou o seguinte bilhete:

*Amigo, o destino nos separou, mas não por muito tempo. Cumpra o seu dever na guerra, enquanto cumpro o meu. Receba o que o portador lhe entregar e participe da campanha como um verdadeiro cavalheiro. Beijo com ternura os seus olhos negros.*

O mendigo começou a tirar os farrapos de cima da roupa, onde estava escondido o dinheiro que trazia. Colocou um monte de moedas de ouro sobre a mesa e foi embora. Aramis beijou mil vezes a carta, feliz da vida!

Enquanto isso, uma duquesa apaixonada por Portos lhe enviava o dinheiro para a compra dos seus armamentos.

E a noite chegou. D'Artagnan foi à casa de Milady, que o recebeu mais animada que nos outros dias. Ele logo percebeu que o bilhete que escrevera tinha surtido efeito. Quando se despediu, às dez horas da noite, ela mandou apagar todas as velas. Nessa época, a eletricidade ainda não havia sido inventada. Para criar um clima romântico à visita do conde, Milady deixou apenas uma vela acesa.

Em vez de sair da casa, D'Artagnan foi para o quarto de Ketty. Quando a patroa chamou a camareira para pentear seu cabelo, o rapaz se escondeu no armário. Deixou passar algum tempo, atravessou a passagem que havia no quarto de Ketty e entrou na casa.

– Quem está aí? – perguntou Milady ao ouvir ruído de passos.

– Sou eu, Wardes – respondeu D'Artagnan, apagando a vela que estava acesa.

– Pode entrar, conde, estou muito feliz. O seu bilhete e os seus olhares mostram o seu amor. Eu também o amo. E, para que não se esqueça do meu amor, coloque este anel no dedo – ele tem um significado muito grande para mim.

Era um anel de safira cravejado de brilhantes.

– Meu querido! E pensar que aquele gascão horroroso quase o matou... Seu ferimento ainda dói?

– Ainda dói muito – respondeu D'Artagnan.

– Não se preocupe, eu vou vingá-lo.

À uma hora da madrugada, ele se despediu. No dia seguinte, foi conversar com Atos. O anel que D'Artagnan usava chamou a atenção do mosqueteiro.

– Interessante – disse Atos –, este anel lembra uma joia da minha família...

– Foi um presente dessa inglesa, ou talvez francesa, pois tenho certeza de que nasceu na França – disse D'Artagnan tirando o anel.

Ao examiná-lo de perto, Atos empalideceu. O anel entrou no seu dedo com muita facilidade, como se tivesse sido feito para ele.

– Só pode ser o mesmo anel! Tem até um risco exatamente no mesmo lugar...

– De quem era este anel?

– Era da minha avó, que o passou para a minha mãe, que o deu para mim. E eu o dei para uma moça, numa noite de amor.

Voltando para casa, D'Artagnan encontrou Ketty, que o esperava com uma carta da patroa pedindo que fosse visitá-la o mais rápido possível. Na mesma hora, D'Artagnan escreveu a seguinte resposta:

*Não poderei encontrá-la, senhora. Devido ao meu ferimento, fiquei afastado dos negócios e tenho assuntos urgentes a tratar. Quando for possível, eu a avisarei.*

Milady ficou raivosa. Amassou o papel e perguntou a Ketty:

– O que é isso?

– É a resposta ao seu bilhete, Milady.

– Não é possível! – exclamou. – Um cavalheiro jamais escreveria isso!

De repente, ela estremeceu, pensando: "Meu Deus! Será que ele sabe?".

Suas pernas fraquejaram e ela caiu na poltrona, quase desmaiada. Quando se recuperou, deu ordem à camareira para avisá-la assim que D'Artagnan chegasse. Mas ele não apareceu nessa noite nem na seguinte.

Milady escreveu para ele:

*Caro senhor D'Artagnan,*
*Não é bom deixar os amigos de lado. Meu cunhado e eu o esperamos ontem e o senhor não veio. Esta noite também não virá?*
*Atenciosamente,*

*Lady Clarick.*

# 21. D'Artagnan descobre o segredo de Milady

Chegando à casa de Milady, D'Artagnan ficou surpreso. Ela estava abatida e com olheiras.

– Não estou bem – disse ela.

– Nesse caso, vou embora para a senhora descansar.

– Não, fique! Sua companhia me distrairá.

Depois de alguns minutos de silêncio, ela disse:

– Eu tenho um inimigo – disse ela. – Aceitaria ser meu aliado?

– Com certeza. Quem é esse infeliz?

– É o conde de Wardes. Quero que me vingue!

– Eu a vingarei – disse o rapaz.

– Quando?

– Amanhã.

Nesse momento, a campainha tocou. O porteiro avisou que era lorde de Winter. Milady abriu uma porta secreta para D'Artagnan sair.

– Volte amanhã, às onze horas – disse ela.

No dia seguinte, à hora marcada, D'Artagnan estava lá.

– Já fez um plano de vingança? – perguntou ela.

– Vou cuidar disso amanhã. Agora, vamos falar de nós.

– O conde de Wardes me enganou. Ele deve morrer.

– Se é assim, ele morrerá.

Depois de muita conversa, D'Artagnan decidiu contar a verdade.

– Devo confessar-lhe uma coisa. A senhora me perdoará?

– Primeiro preciso ouvir o que tem a me dizer.

– O conde de Wardes que esteve aqui na quinta-feira e o D'Artagnan que está aqui agora são a mesma pessoa.

Com um gesto violento, ela se levantou e deu um empurrão no rapaz. Ele segurou-a pelos ombros, mas ela deu-lhe um safanão e o seu vestido se rasgou, deixando o ombro à mostra.

– Meu Deus! – exclamou o rapaz horrorizado. Ele acabava de ver a flor-de-lis – o símbolo ao qual Atos se referira, que marcava os criminosos.

O segredo que Milady escondera por tanto tempo tinha sido descoberto. Ela soltou um tremendo rugido, como um animal ferido.

– Miserável! Além de me trair, ainda descobriu meu segredo. Vai morrer!

Ela pegou um punhal e avançou sobre D'Artagnan. Ele puxou a espada e saiu correndo do quarto, entrou no corredor que ligava ao quarto da camareira e trancou-se lá dentro. Milady tentava arrombar a porta, dando socos e pontapés.

D'Artagnan pediu ajuda a Ketty.

– Por favor, ajude-me a sair desta casa antes que os criados venham me matar.

Imediatamente, ela teve uma ideia.

Com uma saia, um casaco comprido e um chapéu, ele saiu para a rua, disfarçado de mulher. Alguns minutos depois, Milady avisava os criados para não abrirem a porta a ninguém.

D'Artagnan tinha sido tão bem disfarçado por Ketty que foi a pé até a casa de Atos, tranquilo. Ao vê-lo, Atos caiu na gargalhada.

– O assunto é muito sério, meu amigo. Preciso falar com você sem que ninguém nos ouça.

– Pode falar – disse Atos, trancando a porta.

– Milady tem uma flor-de-lis no ombro. Eu vi!

Atos ficou paralisado.

– Que idade ela tem? – perguntou.

– Entre vinte e seis e vinte e oito anos – disse D'Artagnan.

– É loira, de olhos azuis bem claros, com cílios e sobrancelhas escuras?

– Isso mesmo.

– Mas ela não é inglesa? – perguntou Atos.

– Ela é chamada de Milady, mas sempre achei que fosse francesa. Não é irmã de lorde de Winter, é cunhada dele. E é uma mulher muito perigosa!

– Ainda bem que vamos sair de Paris depois de amanhã – disse Atos. – Mas estou preocupado com essa viagem. Você já comprou os equipamentos para a guerra?

– Ainda não.

– Por sorte, você tem o anel de safira.

– Este anel é seu, meu amigo.

– Não quero nada que tenha passado por aquela mulher.

– Então, empenhe o anel: deve render mil escudos.

– Boa ideia. Empenharei o anel com uma condição: dividiremos o dinheiro.

D'Artagnan trocou de roupa e voltou para casa, acompanhado de Atos. Na porta da casa, estava Bonacieux.

– Caro inquilino, apresse-se! – disse ele com falsa camaradagem. – Há uma linda mulher à sua espera.

Era Ketty, a camareira de Milady.

– O senhor disse que me protegeria da cólera dela – disse a moça. – Saí de lá e não tenho para onde ir.

– Fique sossegada – disse D'Artagnan, mandando chamar Aramis. – Com os contatos que ele tem, poderá arrumar-lhe emprego. Enquanto isso, conte-me o que sabe sobre uma moça que foi raptada à noite. É a mulher de Bonacieux, esse homenzinho que está aqui à porta.

– Ah! Espero que ele não tenha me reconhecido – disse Ketty.

– Já conhecia Bonacieux?

– Ele foi duas vezes à casa de Milady.

– Quando?

– Há uns quinze dias e ontem à noite. Mas não sei onde a mulher dele está.

Logo depois, Aramis chegou e foi apresentado a Ketty. Ele a encaminhou para uma senhora do interior que estava precisando de uma camareira de confiança.

Depois disso, Atos e D'Artagnan saíram para vender o anel. Em três horas, compraram todo o equipamento de que necessitavam.

# 22. Duas cartas inesperadas

Os quatro amigos estavam na casa de Atos organizando seus equipamentos quando chegou Planchet com duas cartas para D'Artagnan. A primeira era pequena e tinha um lacre verde com uma pombinha.

*Esteja na estrada de Chaillot na próxima quarta-feira, das seis às sete da noite. Observe com atenção as carruagens que passarem. Mas, se gosta da própria vida e das pessoas que o amam, não diga uma palavra nem faça nenhum movimento que indique que reconheceu a mulher que está se arriscando para vê-lo um instante.*

– É uma armadilha – disse Atos.
– A letra me parece conhecida... – disse D'Artagnan. – E se fôssemos todos?
Enquanto os outros pensavam sobre o assunto, D'Artagnan leu a segunda carta, que tinha o emblema do cardeal. Era do capitão dos guardas de Richelieu.

*O senhor D'Artagnan, da Guarda Real, é esperado esta noite, às oito horas, no palácio do cardeal.*

– Esse encontro parece mais perigoso que o outro – disse Atos.
– Ao encontro de uma mulher você não pode faltar, mas ao palácio do cardeal tem motivos para não ir – disse Aramis.
D'Artagnan acabou convencendo os amigos a irem com ele aos dois encontros.
Com equipamentos novos, eles cavalgaram para a estrada de Chaillot, acompanhados de seus criados. Quinze minutos depois, uma carruagem vinda de

Sèvres chamou a atenção de D'Artagnan. Uma moça apareceu à janela, com dois dedos na boca, como se pedisse silêncio ou mandasse um beijo. O rapaz deu um grito de alegria: era Constance!

Portos e Aramis olharam para o relógio; faltava meia hora para o próximo compromisso. Foram ao regimento buscar nove mosqueteiros para montarem guarda em frente ao palácio do cardeal. Divididos em três grupos, comandados por Atos, Portos e Aramis, eles se postaram nas entradas do palácio enquanto D'Artagnan entrava pela porta principal. Mostrou a carta ao porteiro e foi levado a um gabinete, onde um homem escrevia. D'Artagnan pensou que aquele homem fosse um juiz que analisava um processo. Porém, quando fechou o livro, percebeu que estava diante do tão temido cardeal.

Richelieu olhou fixamente para ele.

– O senhor é D'Artagnan, cavalheiro da Gasconha?

– Sim, Eminência.

– No caminho para Paris, parou em Meung. Você trazia uma carta de recomendação ao senhor de Tréville, mas a carta se perdeu. Mesmo assim, arranjou um posto na Guarda Real – disse o cardeal.

– Sua Eminência sabe de tudo – disse D'Artagnan.

– Desde então, muitas coisas aconteceram. Duelou na frente do Convento das Carmelitas. Depois, foi com seus amigos para a estação de águas de Forges; eles ficaram no caminho, só o senhor continuou, pois tinha negócios na Inglaterra. Ao voltar, foi recebido por uma personagem real e está usando o anel que ela lhe deu. No dia seguinte, um dos meus guardas pediu que me procurasse, mas o senhor não veio. Fez mal.

D'Artagnan estremeceu. Isso acontecera na noite em que Constance fora raptada.

– Eu chamei o senhor aqui para saber o que anda fazendo. Além disso, acho que me deve um agradecimento. Foi poupado em todas essas situações.

O rapaz inclinou-se, em sinal de respeito.

– O senhor é corajoso e também é prudente, mas é preciso tomar cuidado. Os seus inimigos são poderosos... eles podem destruí-lo.

– Eminência, eles conseguirão isso facilmente, pois são fortes e eu sou um só.

– É verdade. Mas, sozinho, o senhor já fez muito. O que me diz de entrar para a minha guarda como soldado e, depois da campanha que temos pela frente, tornar-se tenente?

– Eminência...

– Aceita, não é mesmo?

– Eminência – repetiu D'Artagnan embaraçado. – Estou na guarda de Sua Majestade e não tenho motivos para me sentir insatisfeito.

– Tenho recebido queixas graves contra o senhor. Todos esses papéis referem-se a isso. Aproveite a ocasião que lhe ofereço: terá proteção garantida.

– Sua bondade me confunde – disse D'Artagnan –, mas, se me permite falar com franqueza, todos os meus amigos servem na Guarda Real e no Regimento dos Mosqueteiros e, por uma fatalidade inconcebível, todos os meus inimigos trabalham a seu serviço.

– Por acaso o senhor acredita que estou lhe oferecendo pouco?

– Ao contrário. Eu penso não ter feito nada para ser digno da sua bondade. No cerco de La Rochelle, o senhor poderá me observar. Se tiver a oportunidade de me destacar, acharei que sou digno da sua proteção.

– Não lhe quero mal – disse Richelieu. – De agora em diante, porém, não terá mais a minha mão para protegê-lo.

Essa frase deixou D'Artagnan preocupado. Mais que uma ameaça, era uma advertência.

Ele relatou a conversa aos amigos e em seguida todos foram se reunir aos guardas do rei e aos mosqueteiros, que comemoravam a despedida de Paris. Ao amanhecer, os dois regimentos apresentaram-se ao Louvre, onde o rei fez a sua revista. Os guardas deveriam partir diretamente para a frente de combate enquanto os mosqueteiros escoltariam Luís XIII.

# 23. O cerco de La Rochelle

Liderado por Richelieu, o cerco de La Rochelle foi um dos acontecimentos políticos mais importantes do reinado de Luís XIII. Para entender isso, é preciso voltar um pouco na história.

A França era um país católico. Durante o século XVI, com o surgimento do protestantismo, foram travadas muitas guerras entre católicos e huguenotes – nome pelo qual são conhecidos os protestantes franceses dessa época. Numa tentativa de pacificação, em 1570, a rainha francesa Margarida de Valois casou-se com Henrique de Navarra, o líder dos huguenotes. Mas a guerra continuou: os franceses não aceitavam um rei protestante. Então, ele se converteu ao catolicismo e no ano seguinte foi coroado rei da França com o nome de Henrique IV. Pacificou o reino concedendo liberdade religiosa e entregando a região de La Rochelle – em grande parte protestante – para os huguenotes.

Essa lei, chamada Edito de Nantes, trouxe a paz, mas criou um país dentro do outro. La Rochelle, que recebia auxílio da Inglaterra, país protestante e principal inimigo da França, rebelou-se. Com medo de que os huguenotes tomassem a França, Richelieu atacou La Rochelle, onde ficava o único porto aberto entre a Inglaterra e a França. É desse ataque, que começa com o cerco da cidade, que D'Artagnan e os três mosqueteiros vão participar.

No dia 10 de setembro de 1627, D'Artagnan chegou a La Rochelle com a Guarda Real. O conflito havia começado dois dias antes. Buckingham tentara tomar uma cidadela e um forte franceses, mas não tinha conseguido.

Logo no primeiro dia, tentaram matar D'Artagnan. Um tiro passou raspando

por sua cabeça, outro deu numa pedra e o terceiro furou seu chapéu. No dia seguinte, ele foi escolhido para chefiar uma missão perigosa: verificar se a fortaleza de La Rochelle estava ocupada.

De fato, a fortaleza estava ocupada pelos ingleses, que abriram fogo contra o grupo de D'Artagnan. Nnguém se feriu, mas, na volta da expedição, os mesmos guardas que tinham atirado em D'Artagnan no dia anterior tentaram matá-lo novamente. O gascão conseguiu se safar; deu um salto e caiu sobre eles com a espada em punho. Um dos guardas acabou confessando que estava a mando de Milady. O outro mostrou uma carta em que era criticado por ter deixado Constance fugir para um convento.

A vida de D'Artagnan estava em risco, mas ele não se preocupava com isso; estava intrigado com a demora dos amigos. Em novembro, recebeu uma dúzia de garrafas de vinho em nome de Atos, Portos e Aramis. Para tomar o vinho com os amigos da guarda, organizou um jantar na cantina do acampamento. Antes de começarem a comer, ouviram tiros de canhões. Era o rei que chegava, escoltado pelos mosqueteiros. D'Artagnan foi ao encontro deles.

– Vocês chegaram a tempo – disse aos amigos. – Preparamos um jantar para degustar o vinho que me mandaram.

– Nós mandamos vinho? – espantou-se Portos.

D'Artagnan mostrou aos amigos a carta que tinha recebido e eles disseram que aquilo era falso.

– Só pode ser uma armadilha de Milady – disse D'Artagnan. E saiu correndo para a cantina, onde encontrou o criado de um dos seus amigos caído no chão, morto. O vinho estava envenenado.

– Acha que ela é a mesma mulher de que lhe falei? – perguntou Atos.

– Tenho certeza!

Atos ficou pensativo.

– Constance corre perigo – disse D'Artagnan. – Precisamos libertá-la.

– Depois que terminar a guerra, vamos tirá-la do convento – propôs Portos.

Os franceses estavam ganhando a guerra. A maior parte da expedição inglesa, liderada por Buckingham, voltou para a Inglaterra.

Uma noite em que os três mosqueteiros estavam próximos ao acampamento foram abordados por um desconhecido encapuzado. Era o cardeal. Ele pediu escolta até uma estalagem. Enquanto Aramis e Portos jogavam cartas, Atos foi dar uma volta. Do quarto de Richelieu, ouviu a seguinte conversa:

– Milady – disse o cardeal –, deve ir para Londres esta noite. Procure Buckingham e diga-lhe que tenho provas de suas visitas a Paris, de seu encontro com a rainha e dos broches de brilhantes que ela lhe deu.

– Todas essas provas comprometem a honra da rainha – disse Milady.

– Para que não sejam usadas, queremos que ele acabe com a guerra. Se ele insistir, procure um fanático religioso; eles não hesitam em matar seus opositores.

– Se for preciso, farei isso, Eminência. Eu também tenho inimigos e gostaria de sua ajuda para acabar com eles: Constance Bonacieux, que a rainha mandou transferir da prisão para um convento desconhecido, e D'Artagnan, um infame que soube que organizei a prisão de Constance e jurou me matar.

– Posso descobrir em que convento ela está – disse Richelieu. – Quanto a D'Artagnan, consiga uma prova de que esteve com Buckingham e ele será preso.

– Gostaria de ter uma ordem assinada por Vossa Eminência com liberdade para agir nesses dois casos. – pediu Milady.

– Muito bem – disse o cardeal depois de alguns minutos –, aqui está.


Atos, que não perdera uma única palavra da conversa, avisou os amigos que precisava sair.

– Digam ao cardeal que fui na frente verificar se a estrada estava segura.

Atos saiu da estalagem e escondeu-se atrás de uma árvore. Quando Richelieu passou, escoltado por Portos e Aramis, ele voltou à estalagem.

# 24. Marido e mulher se reencontram

Atos subiu a escada, entrou no quarto de Milady e trancou a porta.
– Quem é? – perguntou ela.
Ao vê-lo, a mulher recuou, como se tivesse visto uma cobra.
– O conde de La Fère! – exclamou ela, aterrorizada.
– Sim, o conde de La Fère, que veio do outro mundo para falar com você.
Milady estava petrificada.
– Pensou que eu estivesse morto, assim como eu pensei que você tivesse morrido, não é mesmo? O nome Atos escondeu o conde de La Fère, do mesmo modo que lady Clarick escondeu o de Anne de Breuil. Foi com esse nome que o seu respeitável irmão nos casou, lembra-se?
– O que quer de mim?
– Sei tudo o que fez desde que entrou para o serviço do cardeal.
Ela deu um sorriso de quem não acreditava nisso.
– Sei que tirou os broches de Buckingham, raptou Constance Bonacieux, tentou matar D'Artagnan depois que ele descobriu seu segredo e tem um plano para assassinar o duque de Buckingham.
– Você é Satanás em pessoa – disse ela, aterrorizada.
– Pode ser – disse, colocando a pistola na testa dela. – Entregue-me o papel que o cardeal acaba de lhe dar ou estouro seus miolos.
Ela não se mexeu. Olhou para Atos e viu que ele ia cumprir sua palavra. Então, entregou-lhe a folha de papel assinada por Richelieu, que dizia:
*É por minha ordem e para o bem do país que o portador deste agiu assim.*

# 25. O conselho dos mosqueteiros

De manhã cedinho, os três mosqueteiros procuraram D'Artagnan. Para conversarem sem que ninguém os ouvisse, foram para um forte que ficava na zona neutra (nem francesa nem inglesa) e se instalaram no baluarte – aquela parte da fortaleza que avança para dar maior visibilidade aos vigias.

Atos contou a conversa que ouvira entre Milady e o cardeal.

– Ela já está a caminho de Londres, para dar cabo de Buckingham.

Enquanto pensavam o que deviam fazer, avistaram uma tropa de vinte homens que avançava para o forte. Do alto da torre, os quatro atiraram: derrubaram quatro homens. Fizeram nova descarga e atingiram o cabo e dois soldados. Depois disso, os outros soldados fugiram.

Os quatro amigos voltaram a pensar como fazer para avisar a rainha e o duque. De repente, ouviram o rufar de tambores. Um regimento inteiro estava a caminho do forte.

– Tenho uma ideia – disse Atos. – Vamos enganá-los, colocando os soldados mortos em pé, apoiados na muralha, com suas armas.

Atos pediu para Grimaud montar esse cenário. Enquanto isso, eles decidiram escrever a lorde de Winter – o cunhado de Milady que devia a vida a D'Artagnan e era amigo de Buckingham – para que o avisasse de que tramavam contra a vida dele, e à amiga de Aramis, para alertar a rainha da mesma trama.

Mas os inimigos se aproximavam. Abriram fogo contra os cadáveres ao mesmo tempo que os quatro amigos saíam pela parte de trás do forte. Logo depois, ouviu-se uma salva de balas. Os rebeldes haviam tomado a fortaleza.

Quando os quatro chegaram de volta ao acampamento, foram recebidos com palmas e vivas. As tropas francesas haviam assistido a tudo, de longe.

À noite, o cardeal comentou a proeza com Tréville, o capitão dos mosqueteiros.

— Vou mandar fazer uma bandeira com quatro flores-de-lis para o seu regimento.

— Isso seria injusto, porque D'Artagnan pertence à Guarda Real.

— Pois então que ele entre para os mosqueteiros. Não é justo que quatro amigos tão valentes e dedicados sirvam em regimentos diferentes.

Na mesma noite, Tréville deu a notícia a D'Artagnan e convidou os quatro amigos para almoçar no dia seguinte. Depois de comemorarem a nomeação do novo mosqueteiro, escreveram as cartas. Bazin e Planchet foram entregá-las.

Uma semana mais tarde, Bazin voltou com uma resposta da amiga da rainha. Mas Planchet não voltava. Já haviam se passado dezesseis dias... todos estavam aflitos. Nessa noite, os franceses receberam ordem para se retirar de La Rochelle. Em seguida, Planchet chegou com a seguinte resposta de Winter:

*Obrigado. Fique sossegado.*

Os mosqueteiros deram um suspiro de alívio.

# 26. A prisão e a traição

No convés do navio que fazia a travessia do canal da Mancha, que separa a França da Inglaterra, Milady rugia de raiva por não ter conseguido se vingar de Atos nem de D'Artagnan. O navio ia ancorar quando foi abordado por um oficial da polícia com ordem para acompanhar Milady a terra. No porto, tomaram uma carruagem que atravessou Londres e saiu da cidade. Milady fazia perguntas ao oficial e ele não respondia. Finalmente, chegaram a um castelo sobre um rochedo, à beira-mar. Subiram uma escada e o oficial abriu uma pesada porta. Ao entrar no cômodo, ela percebeu que estava presa. Logo, um homem alto entrou na cela.

– Cunhado! – exclamou Milady.

– Sim, sou eu – respondeu lorde de Winter, fechando a porta. – O que veio fazer na Inglaterra?

– Vim para vê-lo – respondeu ela. – Não sou eu sua parente mais próxima?

– E minha única herdeira, não é mesmo?

– Não entendo o que quer dizer, mas como soube que eu estava aqui?

– Sou o capitão do porto onde o seu navio atracou.

– Meu cunhado, por acaso era lorde de Buckingham que estava no porto?

– Ele mesmo! Seu amigo, o cardeal de Richelieu, fala muito dele, não?

– Meu amigo, o cardeal?! – exclamou ela fazendo-se de desentendida.

– Mais tarde falaremos sobre isso. Espero que seja tão bem recebida aqui como foi por seu primeiro marido, um francês que ainda está vivo... e você se casou com meu irmão como se fosse solteira!

– Marido francês! Está brincando? – disse Milady tentando manter a calma.

– Ficará neste castelo até chegar a ordem de deportação para Charlotte Backson, daqui a cinco dias.

– Charlotte Backson? Uso Winter, o sobrenome do seu irmão! – disse ela.

– Se preferir usar o sobrenome de casada, use o sobrenome do seu marido francês – disse ele, trancando a porta.

Ela estava enlouquecida, mas manteve o sangue-frio para poder raciocinar. A cela tinha barras de ferro; da janela, só via os rochedos e o mar. Tentaria comover o oficial que guardava a cela. Winter já esperava por isso e avisou-o de que ela iria tentá-lo.

No dia seguinte, Winter foi visitá-la.

– Felton, o oficial que a trouxe aqui, será seu guardião. Ele é protestante e muito religioso. Não adianta tentá-lo com seus truques...

Na primeira noite, quando Felton levou o jantar, ela soltou os cabelos e fez poses provocadoras, mas o oficial não olhou para ela. Na segunda noite, quando ele entrou na cela, ela começou a gemer de dor. Nesse momento, lorde de Winter foi vê-la. Quando ele chegou, ela tinha se levantado e estava tentando conquistar o oficial.

– Cuidado, Felton! O teatro já começou – disse Winter.

– Foi o que pensei – respondeu o rapaz.

Já que Milady não conseguia conquistá-lo, resolveu apelar para a religião. Todas as vezes que Felton entrava na cela, ela cantava hinos protestantes.

No quarto dia, ele encontrou-a de pé em cima de uma cadeira, com uma corda feita de lenços na mão. Felton olhou para cima e viu um gancho preso no teto.

– Não sabe que o suicídio é crime?

Ela começou a chorar e disse que tinha sido traída por Winter.

No quinto dia, o rapaz estava convencido de que ela era vítima do seu patrão. Milady conseguira convencer um religioso fanático a libertá-la.

Lorde de Winter percebeu que Felton tinha caído na armadilha de Milady. Seu comportamento mudara completamente – ele estava apaixonado por ela. Winter não podia mais confiar nele; por isso, colocou outro guarda para atendê-la.

À noite, bateram do lado de fora da janela da cela. Era Felton!

– Feche a janela e apague a luz – disse ele em voz baixa. – Vou serrar as grades; quando terminar, baterei no vidro.

Uma forte tempestade começava. Pelo clarão dos relâmpagos, ela via a figura do rapaz. Depois de uma hora – que pareceu um século –, Felton bateu no vidro.

– Vamos? – disse ele.

– Devo levar alguma coisa?

– Dinheiro. Gastei tudo o que tinha para fretar uma embarcação.

Ela deu uma bolsa para ele, subiu na cadeira e passou o tronco pela janela. Só então percebeu que o rapaz estava pendurado sobre o abismo, segurando-se por uma escada de corda. Com medo de cair, ela desceu de olhos fechados, abraçada a ele. Chegando aos rochedos, ele assobiou. Um bote se aproximou.

A tempestade passara. O mar estava muito agitado, mas a noite era bem escura, o que os ajudava na fuga. O bote encostou em um navio e eles subiram.

– Está salva! – disse Felton.

– Graças a Deus! E a você, Felton! – exclamou ela. – Para onde vamos?

– Eu vou para Portsmouth.

– O que vai fazer lá?

– Vou levar para Buckingham a ordem da sua extradição. Tenho de ir hoje, porque amanhã ele vai para La Rochelle.

– É melhor que ele não vá... – insinuou Milady

– Não se preocupe, ele não irá – respondeu o rapaz, com decisão e firmeza.

Pouco antes das oito da manhã, chegaram a Portsmouth. Ficou combinado que ela esperaria Felton até as dez horas; depois disso, iria para a França sozinha.

Com a carta de Winter em mãos, Felton foi admitido à presença do duque.

– Por que Winter não veio pessoalmente? – perguntou o duque de Buckingham.

– Ele está com uma prisioneira – disse Felton.

– É verdade – disse Buckingham –, ele me disse.

– Alteza, tenho um assunto confidencial para tratar.

Buckingham pediu que o guarda que estava na sala saísse e esperasse junto à porta. Quando ficaram a sós, Felton entregou-lhe um documento, dizendo:

– Esta é a ordem de deportação de Charlotte Backson.

O duque leu o documento e pegou a pena para assiná-lo.

– Desculpe-me. Sua Alteza sabe que vai deportar lady Clarick?

– Sim, eu sei.

– Sua Alteza não deve assinar isso. Deve refletir e fazer justiça a Milady.

– Milady é uma criminosa! – disse Buckingham. – Essa pena é leve para ela.

– Sua Alteza não vai assinar essa ordem – disse Felton, avançando.

– Por quê?

– Lady Clarick é inocente. Peço que lhe conceda a liberdade.

– O que está dizendo? Está louco, rapaz?! – exclamou o duque de Buckingham.

– Imploro que reflita no que vai fazer. Cuidado para não ir longe demais.

– Por acaso está me ameaçando?!

– Alteza – disse o rapaz cada vez mais excitado –, a Inglaterra está cansada dos seus abusos. Deus o punirá mais tarde, mas eu vou puni-lo agora!

Buckingham estendeu o braço para pegar a espada, porém não teve tempo de desembainhá-la. Com o punhal na mão, Felton avançou.

Nesse instante, o guarda entrou na sala, gritando:

– Chegou uma carta da França!

Felton aproveitou que os dois homens estavam distraídos e cravou o punhal em Buckingham.

– Ah!, traidor! – disse o duque. – Você me matou!

Enquanto o guarda socorria Buckingham, Felton saiu correndo. Na escada, deu de cara com lorde de Winter. Ao ver o rapaz transfigurado, com a roupa salpicada de sangue, Winter pulou sobre ele, gritando:

– Cheguei tarde demais! Que desgraça!

Felton não reagiu. Winter entregou-o aos guardas, que o algemaram, e correu para ver o duque. Naquele momento, Buckingham falava com La Porte, o mensageiro da França.

– La Porte! – disse o duque com voz trêmula. – Você vem da parte dela?

– Sim – respondeu o amigo da rainha –, mas acho que cheguei tarde demais.

O duque deu ordem para ninguém entrar; queria falar com La Porte a sós.

– Leia a carta logo. Não quero morrer sem saber o que ela me escreveu.

*Alteza,*

*Se quer o meu bem-estar, peço-lhe que ponha fim à guerra contra a França. Aparentemente, dizem que a causa da guerra é a religião, mas, na verdade, comentam que ela foi provocada por seu amor por mim. Peço-lhe que tome cuidado com a sua vida, que está ameaçada e que será muito cara para mim desde que os nossos países não sejam mais inimigos.*

*Sua afeiçoada,*
*Ana*

– Não tem mais alguma coisa para me dizer, La Porte? – perguntou o duque.

– A rainha pediu para dizer-lhe que tivesse muito cuidado, pois foi avisada de que pretendiam assassiná-lo.

– Nada mais?

– Ela me encarregou de dizer-lhe que o ama.

– Ah! – exclamou Buckingham. – Que Deus seja louvado! Morro em paz.

Pouco depois, o médico entrou e apalpou o pulso do duque. Ele estava morto.

Após ver o amigo morto, Winter correu ao encontro de Felton.

– O que você fez, seu traidor?!

– Eu me vinguei – respondeu ele com o sangue-frio habitual.

– Você foi usado por aquela maldita mulher!

De repente, Felton estremeceu. Olhando para o mar, avistou a chalupa em que Milady estava navegando para a França. Olhou para o relógio e viu que eram oito horas e quarenta minutos. Ficou pálido. Levou a mão ao coração e compreendeu a traição de que fora vítima. Milady partira muito antes da hora combinada.

– A sua cúmplice fugiu, mas ela será presa, eu lhe juro – disse Winter.

# 27. Enquanto isso, na França...

Assim que soube da morte de Buckingham, o rei Carlos I, da Inglaterra, tentou abafar a notícia. Não queria que os ingleses – que combatiam em La Rochelle e esperavam os reforços da esquadra de Buckingham – desanimassem.

Na França, ninguém sabia ainda do assassinato do duque de Buckingham.

Os quatro mosqueteiros foram destacados para escoltar Luís XIII de La Rochelle a Paris e ganharam quatro dias de licença. Imediatamente, foram para a cidade de Arras. Era lá que estava Constance Bonacieux.

A amiga de Aramis conseguira uma autorização da rainha para que eles tirassem Constance do Convento de Béthune.

Chegando a Arras, D'Artagnan viu passar um cavalheiro a galope na direção de Paris.

– É ele! O homem de Meung! O mesmo que me provocou quando eu saí da Gasconha e o mesmo que estava perto de casa quando Constance foi raptada! Vamos atrás dele! – propôs D'Artagnan.

– Meu amigo – disse Aramis –, ele foi no sentido contrário ao nosso. Deixemos o homem de lado e salvemos a mulher.

Estavam discutindo sobre que atitude tomar, quando um rapaz saiu da estrebaria, correndo atrás do homem de Meung, que já estava longe.

– Ele deixou cair um papel – disse o moço.

– Eu lhe dou meia pistola por esse papel – disse D'Artagnan.

– Aqui está.

Na folha dobrada estava escrita apenas uma palavra: "Armentières".

– É o nome de uma pequena cidade – disse Aramis.

– E está escrito com a letra dela! – observou Atos.

Milady já estava na França. Viajou dois dias até o Convento de Béthune com uma carta do cardeal Richelieu pedindo que a recebesse ali.

A madre superiora, que vivia tão longe dos acontecimentos, queria saber notícias do mundo. Milady contou fofocas da corte e disse que era perseguida pelo cardeal.

– Temos uma moça aqui no convento que também é perseguida pelo cardeal.

– Posso saber quem é, madre? – perguntou Milady.

– Ela veio para cá recomendada por uma pessoa importante – disse a madre. – Mas agora é melhor você descansar.

Milady foi para o quarto e puxou conversa com uma moça que estava lá. Ela sabia como extrair o que queria dos outros: fez-se passar por vítima do cardeal e logo percebeu que a moça era próxima da rainha e conhecia os mosqueteiros. Não demorou muito para descobrir que estava conversando com Constance Bonacieux.

– Estou muito feliz em conhecê-la. – disse Milady. – Eu também conheço os mosqueteiros. Sei como foi raptada e como D'Artagnan ficou desesperado por isso.

– Finalmente, porém, o meu sofrimento vai acabar – disse Constance.

– Hoje à noite, ou amanhã, vamos nos encontrar.

– Hoje?! – exclamou Milady, fingindo-se de distraída. – Espera notícias dele?

– Espero ele próprio, em pessoa.

– É impossível! Ele está no cerco de La Rochelle!

De súbito, ouviram um tropel.

– Será ele? – exclamou Constance, indo até a janela.

Nesse momento, a madre superiora entrou no quarto e disse para Milady que um cavalheiro, da parte do cardeal, queria falar com ela.

Era o conde Rochefort, o amigo demoníaco do cardeal.

– O cardeal está preocupado... O que aconteceu com lorde de Buckingham? – perguntou ele a Milady

– Foi assassinado por um fanático religioso – disse ela.

– Esse é um acaso feliz que vai agradar muito ao cardeal.

– Sabe quem encontrei no convento? – perguntou Milady.

– Não faço ideia – respondeu Rochefort.

– Constance Bonacieux, a moça que a rainha tirou da prisão! Descobri que vão tirá-la do convento amanhã, por ordem da rainha.

– Quem vem buscá-la? – quis saber Rochefort.

– D'Artagnan e seus amigos.

– Eles estão sempre no nosso caminho... Já deveriam ter ido para a cadeia.

– E por que não foram?

– O cardeal tem um fraco por eles que eu não entendo.

– Conte ao cardeal que a conversa que ele e eu tivemos na estalagem foi ouvida por um dos mosqueteiros. Diga também que eles avisaram lorde de Winter que eu ia à Inglaterra e quase atrapalharam minha missão.

– O cardeal pediu-me para lhe dizer que deve ficar no convento ou nos seus arredores. Tem de ficar afastada da corte por um tempo.

Milady queria sair do convento. Combinou com Rochefort que ele mandaria um coche buscá-la com uma ordem do cardeal. Os dois se encontrariam em Armentières; para que ele não esquecesse o nome da cidade, ela o anotou num papel. Em seguida, ele partiu a galope; cinco horas depois, estava em Arras.

Vocês já sabem que Rochefort foi reconhecido por D'Artagnan; que ele deixou cair um papel, onde estava escrito Armentières, que foi parar nas mãos de D'Artagnan.

# 28. Uma vingança cruel

Depois da conversa com Rochefort, Milady voltou para o quarto sorrindo.
– O cardeal mandou buscá-la? – perguntou Constance.
– O mensageiro que aqui esteve, na verdade, é meu irmão.
– Seu irmão?!
– Ele matou o mensageiro do cardeal que vinha me tirar daqui e pegou os documentos dele.
– Meu Deus! – disse Constance, estremecendo.
– Não temos tempo a perder. Daqui a duas horas, uma carruagem virá me buscar. Você pode vir comigo... Aquela carta que recebeu de D'Artagnan deve ser falsa: ele está em La Rochelle.
– Como sabe disso?
– Meu irmão encontrou mensageiros do cardeal vestidos de mosqueteiros.
– Isso é demais! – exclamou Constance. – O que me aconselha fazer?
– Pode ser que eu esteja enganada e que D'Artagnan e seus amigos venham salvá-la, mas só existe um meio de descobrir isso. Vamos nos esconder no bosque para saber quem virá buscá-la.

Milady queria ter Constance em seu poder e não podia perder tempo.
– Então, já se decidiu? – perguntou Milady, impaciente.
– Não tenho coragem...

As duas ouviram um galope de cavalos. Milady correu à janela. Enxergou chapéus com plumas e contou oito cavaleiros. À frente deles, reconheceu D'Artagnan.
– São os guardas do cardeal, vamos fugir!

– Vamos! – respondeu Constance, mas estava tão aterrorizada que não conseguiu sair do lugar. – Não consigo! – disse ela. – Vá sozinha.

Os olhos de Milady faiscaram. Disfarçadamente, tirou de dentro do anel uma cápsula, abriu-a, jogou seu conteúdo num copo e encheu-o com vinho.

– Tome isso. O vinho vai lhe dar forças.

Constance bebeu maquinalmente.

"Não era assim que eu queria me vingar", pensou Milady saindo do quarto.

Minutos depois, D'Artagnan e seus amigos entravam no quarto. Constance reconheceu a voz dele e tentou ficar de pé, mas não conseguiu. Estava tonta.

– D'Artagnan, meu amor! Você veio mesmo!

– Constance, querida, estou aqui!

– Ela me disse que você não viria, mas eu não quis fugir com ela. Fiz muito bem... Estou tão feliz!

– Ela quem? – perguntou D'Artagnan.

– Minha companheira. Ela conhece você.

– Como se chama?

– Não me lembro, é um nome esquisito... Estou tonta, não enxergo nada...

– Socorro, amigos! As mãos dela estão geladas!

Aramis pegou um copo de água enquanto Atos observava o quarto. Quando viu o copo vazio na mesa, com traços do veneno que ele conhecia, ficou transtornado.

– Quem colocou vinho no seu copo? – perguntou Atos.

– Ela.

– Ela quem?

– Ah, eu me lembrei do nome... é Milady.

Os quatro amigos soltaram um grito, mas o de Atos foi o maior de todos.

– D'Artagnan, não me deixe! Estou morrendo – disse ela com os olhos vidrados e tremendo convulsivamente.

– Meu amor, estou aqui! – disse D'Artagnan, abraçando-a. – Portos, Aramis, peçam socorro!

– Não adianta – disse Atos. – Não existe antídoto para o veneno que ela usa.

Reunindo suas forças, Constance colocou as mãos na cabeça de D'Artagnan e olhou nos olhos dele: toda a sua alma estava naquele olhar. Encostou sua boca na dele e deu um suspiro profundo. D'Artagnan deu um grito e desmaiou.

Nesse momento, um homem entrou no quarto. Estava tão pálido quanto os homens transtornados que via ali.

– Não me enganei – disse ele. – O cavalheiro que está desmaiado ao lado da moça que acaba de morrer é D'Artagnan e vocês são os três amigos dele. Estou procurando uma mulher que, pelo que vejo, infelizmente passou por aqui.

Os mosqueteiros não conseguiam lembrar quem era ele.

– Sou lorde de Winter, cavalheiros. Vocês salvaram minha vida duas vezes. Estou à procura de Milady; sou cunhado dela. Vim para castigá-la.

D'Artagnan recuperara os sentidos e soluçava desconsoladamente. Atos abraçou-o, dizendo:

– Meu amigo, as mulheres choram os mortos, mas os homens as vingam!

– Se é para vingar Constance, estou pronto.

Eles deixaram o enterro aos cuidados da madre superiora e se despediram.

– Lorde de Winter – disse Atos –, tenho prioridade na vingança de Milady. Ela é minha mulher.

Portos e Aramis se entreolharam, sem compreender. Atos encarregou-se de tudo. Despachou os quatro criados para as quatro estradas que iam de Béthune a Armentières, com ordem para observarem tudo e interrogarem as pessoas do lugar. Quando os criados voltaram, eles decidiram seguir a pista de Planchet. Atos pediu que Winter e os amigos esperassem um pouco, enquanto fazia alguns preparativos. Em pouco tempo voltou, acompanhado de um homem mascarado, envolto em uma capa vermelha.

Às nove horas da noite, a pequena cavalgada saiu, guiada por Planchet.

# 29. O julgamento

A noite estava tempestuosa. De vez em quando, o clarão de um relâmpago iluminava a estrada escura e deserta. D'Artagnan ia à frente de todos. Durante o caminho, Winter, Aramis e Portos tentaram puxar conversa com o mascarado, mas ele apenas inclinava a cabeça em resposta.

A tempestade aumentou, os relâmpagos e trovões se sucediam. Depois de terem percorrido uns vinte quilômetros, viram um homem na estrada. Era Grimaud, o criado de Atos, que apontava para uma casinha isolada, à beira do rio.

Atos saltou do cavalo e se aproximou. Pela janela, viu uma mulher enrolada num xale, com os cotovelos apoiados na mesa e as mãos na cabeça. Atos sorriu.

Um cavalo relinchou. Milady levantou a cabeça e reconheceu Atos. Ele arrombou a janela e pulou dentro da sala. A mulher correu para a porta; ao abri-la, deu de cara com D'Artagnan. Ela deu um grito e recuou.

– O que querem?

– Queremos Charlotte Backson – disse Atos –, que foi condessa de La Fère e lady de Winter.

– Sou eu. O que querem?

– Queremos julgá-la por seus crimes. D'Artagnan será o primeiro a acusá-la.

– Diante de Deus e dos homens, acuso esta mulher de ter envenenado Constance Bonacieux e de ter tentado me envenenar. Outro homem morreu no meu lugar.

– Somos testemunhas disso – confirmaram Portos e Aramis.

– Diante de Deus e dos homens, acuso esta mulher de ter me instigado a matar o conde de Wardes.

— Agora é a vez de lorde de Winter — disse Atos.

— Diante de Deus e dos homens, acuso esta mulher de ter mandado assassinar o duque de Buckingham.

— O duque de Buckingham! — exclamaram todos.

— Sim, o duque de Buckingham foi assassinado. Acuso ainda esta mulher de outro crime: depois que meu irmão fez o testamento deixando-lhe toda a sua herança, ela o matou. Peço justiça pelo assassinato de Buckingham e pelo do meu irmão.

— Agora, é a minha vez — disse Atos, tremendo como o leão treme ao ver a serpente. — Casei-me com esta mulher quando ela era jovem. Um dia, descobri que ela tinha no ombro a marca dos prisioneiros.

Milady levantou-se e disse:

— Desafio todos a que encontrem o tribunal que tenha imposto qualquer pena contra mim. Desafio a encontrarem a pessoa que me marcou.

O homem mascarado aproximou-se.

— Chegou a minha vez de falar.

— Quem é este homem? — gritou Milady, sufocada pelo terror.

Todos os olhares se voltaram para ele. Ninguém o conhecia, a não ser Atos. O desconhecido tirou a máscara e se aproximou de Milady.

— Não! É uma aparição do inferno! — gritou ela aterrorizada.

— Quem é você? — perguntaram Portos, Aramis e lorde de Winter.

— O carrasco de Lille! — respondeu Milady, enlouquecida.

— Esta mulher trabalhava no convento das beneditinas — disse ele. — Um padre, moço e ingênuo, que rezava a missa no convento, foi seduzido por ela. O padre se apaixonou e ela o convenceu a fugirem do país. Para conseguir dinheiro, eles venderam os cálices de prata usados na comunhão e foram presos. Na prisão, ela conquistou o carcereiro e conseguiu fugir. O jovem padre foi condenado a dez anos de prisão e marcado a ferro em brasa.

"Eu era o carrasco de Lille e fui obrigado a marcar aquele homem. E aquele homem era meu irmão! Não era justo: a verdadeira criminosa era ela, não ele. Descobri onde estava escondida e marquei-a com a flor-de-lis. Mais tarde, meu irmão fugiu da prisão e eu fui condenado a cumprir pena no lugar dele. Esta mulher conheceu um nobre, que se casou com ela. Então, meu irmão se enforcou. Depois de ter desgraçado um padre, ela foi desgraçar o conde de La Fère."

Todos os olhares se voltaram para Atos.

– Qual é a pena dessa mulher? – perguntou Atos.

– A pena de morte! – responderam D'Artagnan, Winter, Portos e Aramis.

– Charlotte Backson, condessa de La Fère, Milady de Winter, os seus crimes cansaram os homens na terra e Deus no céu. Se sabe rezar, pode começar já.

– Não quero morrer! – gritou ela.

Uma mão de ferro puxou-a. Os homens e seus criados seguiram o carrasco.

– Onde vai ser? – perguntou ela.

– Do outro lado do rio.

O carrasco tomou um barco que estava na margem, com Milady. Os homens observaram o barco deslizar lentamente. Da outra margem, eles os viram descer.

Lá chegando, Milady caiu de joelhos, implorando perdão. O carrasco levantou a espada, que a lua iluminava, e deixou-a cair.

Ouviu-se um grito. O carrasco embrulhou o corpo e levou-o para o barco. Enquanto voltava para a outra margem, jogou o corpo no meio do rio, dizendo:

– Seja feita a justiça de Deus!

Mas estavam cometendo um erro grave: o de fazer justiça com as próprias mãos.

# 30. O encontro de D'Artagnan com Richelieu

Três dias depois, os mosqueteiros chegaram a Paris para escoltar o rei até La Rochelle. Durante uma parada no caminho, um homem veio ao encontro de D'Artagnan. Quando o viu de perto, soltou uma exclamação de surpresa:

– O homem de Meung! Desta vez não me escapa.

– O senhor não entendeu. Tenho uma ordem de prisão em nome do rei.

– O que está dizendo? Quem é o senhor?

– Sou o cavalheiro de Rochefort, escudeiro do cardeal Richelieu. Tenho ordem de levá-lo à presença dele.

O cardeal estava numa cidade no caminho de La Rochelle. No dia seguinte, D'Artagnan foi levado ao seu gabinete.

– Foi preso por minha ordem... Sabe por quê?

– Não, Eminência.

– Por crimes que fizeram rolar cabeças mais importantes que a sua: corresponder-se com inimigos da França, violar segredos de Estado e atrapalhar os planos de seu general.

– Quem fez essas acusações? – perguntou D'Artagnan, desconfiando que fosse Milady. – Uma mulher marcada pela justiça francesa; uma mulher que se casou com um homem na França e outro na Inglaterra; uma mulher que envenenou seu segundo marido e tentou me envenenar?

– De quem está falando?

– De Milady de Winter – disse D'Artagnan.

– Se ela cometeu esses crimes, será punida – disse o cardeal.

– Ela já foi punida – disse D'Artagnan.

– Por quem? – perguntou Richelieu.

– Por nós, Eminência. Ela está morta.

– Morta?!

– Ela tentou me matar três vezes e eu a perdoei. Mas, quando assassinou a mulher que eu amava, eu e meus amigos a condenamos.

– Vocês fizeram papel de juízes? Fizeram justiça com as próprias mãos? Não sabem que isso é um crime, um assassinato?

– Nunca temi perder a vida – respondeu D'Artagnan.

– Conheço a sua bravura, mas devo dizer-lhe que será julgado e condenado.

– Outra pessoa, em meu lugar, diria que tem o seu perdão no bolso. Mas eu estou disposto a obedecer.

– O meu perdão? – espantou-se o cardeal.

– Sim – respondeu D'Artagnan.

– E assinado por quem? Pelo rei?

– Não. Por Vossa Eminência.

– Por mim! Está louco?

– Vossa Eminência reconhecerá a própria letra – disse D'Artagnan, entregando--lhe o bilhete que Atos tomara de Milady, em que o cardeal dava a ela plenos poderes para agir em seu nome.

Depois de ler o bilhete, Richelieu refletiu longamente. Afinal, ergueu a cabeça e fixou seu olhar de águia na fisionomia leal e franca de D'Artagnan e leu todo o sofrimento que ele havia enfrentado nos dias anteriores. Pela terceira ou quarta vez, pensou no brilhante futuro que aquele rapaz de vinte e um anos tinha pela frente, e como sua inteligência e coragem poderiam servi-lo. Além disso, lembrou-se do gênio infernal de Milady, que mais de uma vez o havia assustado.

Lentamente, rasgou o bilhete que D'Artagnan lhe dera e pôs-se a escrever.

"Estou perdido!", pensou D'Artagnan. "É a ordem para a minha execução."

– Aqui está – disse Richelieu. – Você me deu um documento em branco, eu entrego-lhe outro. Falta escrever o nome nesta patente. Você mesmo o escreverá.

D'Artagnan leu o documento, hesitante. Era a sua nomeação como tenente dos mosqueteiros.

– Eminência, minha vida está à sua disposição – disse D'Artagnan. – Mas acho que não mereço essa distinção. Tenho três amigos que merecem mais...

– Você é um rapaz de valor – disse Richelieu, batendo em seu ombro. – Use esta patente como quiser, mas lembre-se de que eu a dei a você.

– Nunca esquecerei isso, Eminência.

Feliz da vida, D'Artagnan foi entregar a nomeação a Atos.

– Ela é sua, D'Artagnan. E lhe custou um preço bem alto!

D'Artagnan foi procurar Portos. Para sua surpresa, ele agradeceu e também recusou.

– Vou me casar, D'Artagnan. A duquesa de quem gosto ficou viúva. Ela é muito rica. Vou deixar a vida de militar.

Então, foi falar com Aramis.

– Agora, estou mesmo decidido a me ordenar padre. Assim que terminar o cerco de La Rochelle, vou entrar para a Igreja. Esta patente é sua, D'Artagnan; você será um grande tenente.

Emocionado e feliz, o gascão foi conversar com Atos.

– Portos e Aramis também recusaram – disse ele – porque não existe ninguém mais digno deste cargo do que você.

Atos pegou a pena, molhou-a no tinteiro e preencheu o espaço em branco com o nome de D'Artagnan.

# Além da história

Silvana Salerno

# Quem escreveu Os Três Mosqueteiros

Alexandre Dumas foi um escritor incansável. Escreveu mais de trezentas obras, entre elas 91 peças de teatro, romances e poemas. Nasceu em Villers-Cotterêts, na França, em 1802, filho de um general de Napoleão e neto de um nobre francês falido com uma escrava negra, da América Central.

Ao assistir a peça *Hamlet*, de Shakespeare (1564-1616), apaixonou-se pelo teatro e decidiu que ia escrever para o palco. Corajoso e confiante, foi para Paris. Tinha vinte anos, pouca cultura e nenhuma experiência. Sua caligrafia bonita levou um amigo do seu pai a arrumar-lhe emprego como secretário do duque de Orleans (1773-1850) – o futuro rei Luís Filipe da França. Enquanto trabalhava com o duque, aprendeu inglês, alemão e italiano para ler os autores estrangeiros, traduziu livros e escreveu suas primeiras peças: *Cristina* e *Henrique III e sua corte*. Queria que fossem encenadas no melhor teatro de Paris – e conseguiu.

Alexandre Dumas em foto de 1870.

Influenciado pelo autor escocês Walter Scott (1777-1832), importante nome do Romantismo que escrevia romances históricos, Dumas adotou o mesmo estilo no teatro. Em 1829, Henrique III estreou na Comédie Française com enorme sucesso. O texto da peça foi impresso e ele ganhou bastante dinheiro. Reescreveu *Cristina*, mudando o título, e a encenação foi um êxito, assim como todas as suas peças. Como escrevia muito, Dumas formou um grupo de colaboradores que trabalhavam com ele, o que era comum na época.

Ao fazer uma visita à Itália, escreveu *Impressões de Viagem* (1835) e sentiu que a partir de então deveria se dedicar a escrever romances. E acertou. Foi com os romances que ele se manteve conhecido até hoje.

*Os Três Mosqueteiros*, escrito com a colaboração de Auguste Maquet, foi publicado em 1844 no jornal *Le Siècle*, durante cinco meses. Imediatamente tornou-se um grande sucesso e foi publicado em livro. No mesmo ano, lançou *O Conde de Monte Cristo* e *A Rainha Margot*, que estão entre suas obras mais conhecidas. A história dos três mosqueteiros continuou com a publicação de *Vinte Anos Depois*, em 1845, e *O Visconde de Bragelonne*, em 1850, formando uma trilogia. Os mosqueteiros também aparecem no romance *O Máscara de Ferro* (1850).

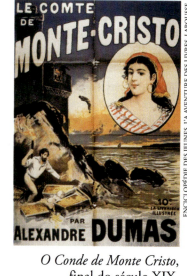

*O Conde de Monte Cristo*, final do século XIX.

Dumas foi um ativista político. Ao lado do escritor Victor Hugo (1802-85), participou de movimentos contra a censura e lutou na revolução liberal de 1830 contra a monarquia absolutista. Em 1850, quando a França deixou de ser República de novo e foi instaurado o Segundo Império, ele se exilou na Bélgica e só voltou em 1853, quando fundou o jornal *Os Mosqueteiros*.

Com seu trabalho, ganhou uma fortuna, mas gastou tudo e morreu pobre e endividado em 1870, aos 68 anos. Seu filho, Alexandre Dumas Filho (1824-75), também foi famoso autor de teatro. Sua obra mais conhecida é *A Dama das Camélias*.

Capítulo XL de *Os Três Mosqueteiros*. Xilogravura a partir de desenho de Félix Philippoteaux (1815-1884). Em Les Bons Romans, n. 27, 7 ago. 1860.

# Literatura de capa e espada

Inspirado no clima boêmio e romântico do século XIX, *Os Três Mosqueteiros* se passa durante o reinado de Luís XIII (1610-43) na França e se tornou tão famoso que mesmo quem nunca leu o livro já ouviu falar nele. É uma das obras mais lidas e traduzidas em todo o mundo.

Como todo romance histórico, mistura personagens verdadeiras, como o rei Luís XIII, a rainha Ana da Áustria, o cardeal Richelieu, o duque de Buckingham e D'Artagnan, com figuras inventadas. As personagens verdadeiras, porém, fazem coisas que não

Frontispício do livro *Memoires de Monsieur d'Artagnan*, 1704, Amsterdã

realizaram na vida real: Ana da Áustria, por exemplo, não se apaixonou pelo duque de Buckingham e vice-versa. A figura de D'Artagnan foi inspirada nas *Memórias de D'Artagnan* (1700), do escritor Courtilz de Sandras, que conta a vida do conde D'Artagnan – capitão dos mosqueteiros durante o reinado de Luís XIV.

Alexandre Dumas ambientou sua obra no século XVII e recriou a figura de D'Artagnan e de outras personagens da obra de Sandras, dando-lhes vivacidade, paixão e liberdade para viverem arriscadamente, correrem perigos e enfrentarem as mais diversas aventuras. Em princípio, D'Artagnan seria uma figura secundária, mas, como se tornou muito atraente, foi transformado em personagem principal. Dumas e D'Artagnan tinham várias semelhanças: os dois vieram do interior para a capital, eram ousados e aventureiros, mas conservaram a ingenuidade. Ambos eram personagens típicas do Romantismo, do qual faz parte a literatura de capa e espada do século XIX.

A literatura de capa e espada surgiu na Espanha no século XVII e foi retomada no século XIX pelo romance histórico, que adotou o clima de aventura e a figura do herói cavalheiresco. Nesse gênero, Alexandre Dumas é o mestre. Suas personagens são tão vivas e nos envolvem tanto que ficamos com raiva dos vilões (maus) e torcemos pelos heróis e heroínas.

O nome "capa e espada" vem da capa que os heróis dos livros – cavaleiros, soldados e estudantes – usavam na época e da espada que sempre traziam na cintura.

# O Romantismo no Brasil

A rebeldia e a independência são as principais características do Romantismo. Os poetas foram as figuras marcantes dessa escola literária, e um tema comum em suas obras era o amor não correspondido. No Romantismo, tudo acontece sem muita explicação.

O nome "romântico" começou a ser usado na França e na Inglaterra no século XVII, para as narrativas cheias de imaginação baseadas nos romances medievais dos séculos XI e XII. Para se contraporem ao Classicismo, exploravam a fantasia e a emoção.

As mudanças que aconteceram no Brasil no início do século XIX reforçaram o caráter revolucionário do Romantismo. A vinda de D. João VI com a corte portuguesa para o Brasil (1808) transformou completamente a vida da colônia. Foi a partir de então que foram criadas as escolas para meninas, as faculdades (medicina e direito), os jornais, a Biblioteca Nacional, o Museu de Belas-Artes e o Jardim Botânico.

Em 1822, a independência do Brasil acentuou o espírito nacionalista e a atividade intelectual dos brasileiros. Apesar da influência estrangeira, as obras brasileiras têm características próprias bem marcantes. Pela primeira vez os escritores utilizaram temas e motivos ligados ao Brasil, especialmente os indígenas, para marcar a nacionalidade brasileira – até então, os temas eram europeus. Os escritores passaram a ambientar suas obras nas cidades brasileiras, nas florestas, no interior e no sertão, surgindo a partir daí a literatura regionalista. Pela primeira vez apareceu a

preocupação com a linguagem brasileira (marcando suas diferenças com a língua de Portugal).

Importante romance de costumes da época, ambientado no Rio de Janeiro, é *Memórias de um Sargento de Milícias* (1854), de Manuel Antônio de Almeida. Um dos escritores que mais se preocupou com a linguagem brasileira e com temas locais foi José de Alencar. *O Guarani* (1857) e *Ubirajara* (1874) são de motivos indígenas, *As Minas de Prata* (1865) é histórico e *O Gaúcho* (1870) e *O Sertanejo* (1876) são regionalistas.

No ano da publicação de *Os Três Mosqueteiros*, foi lançado no Brasil o primeiro romance romântico: *A Moreninha*, de Joaquim Manuel de Macedo — uma

Fac-símile da primeira edição de *Memórias de um Sargento de Milícia*, de 1854.

história simples, que não se assemelha em nada com o tema de Alexandre Dumas. *As Minas de Prata*, de José de Alencar, é a obra que mais lembra *Os Três Mosqueteiros*. É um romance histórico passado entre 1580 e 1640, no início da colonização, quando surgiram várias lendas de tesouros e cidades cobertas de ouro. O livro apresenta as intrigas políticas e religiosas do período, a luta pelo poder, os preconceitos sociais e religiosos, as diferenças entre as classes sociais, as paixões, os ódios e as traições. E a personagem principal é um grande herói que enfrenta mil aventuras como D'Artagnan.

Ilustração do final do século XIX para o romance *Os Três Mosqueteiros*.

# Silvana Salerno

Escolhi *Os Três Mosqueteiros*, um livro francês de 850 páginas, para traduzir e adaptar porque foi uma das leituras mais queridas da minha juventude, e achei que você também iria gostar. Mistério, ação, romance, segredos políticos envolvendo reis e rainhas, tudo isso num estilo envolvente, prendem tanto a atenção que num instante nós estamos em plena França do século XVII, participando com os mosqueteiros de todas as suas aventuras. Sempre gostei muito de ler, porque a literatura leva a viajar pelo mundo da imaginação e a viver intensamente as sensações das personagens – tantos dos heróis como dos vilões. Da leitura passei para a escrita. Traduzi vários livros e adaptei clássicos da literatura. Escrevi livros, muitos deles premiados.

Eu adoro o que faço. Escolher uma profissão de que a gente gosta é muito importante porque dá satisfação e alegria. Mesmo trabalhando bastante, não me canso, porque o trabalho faz parte da minha vida. A cada novo livro que escrevo, a cada nova adaptação que faço, aprendo muito, porque tenho de quebrar a cabeça para encontrar a melhor forma de me comunicar com você.

# Laurent Cardon

Sou francês e vivo em São Paulo desde 1995. Foi no Brasil que ilustrei o meu primeiro livro e hoje já tenho vários trabalhos publicados, entre eles *Alecrim* e *Procura-se lobo*, premiados na FNLIJ (Fundação Nacional do Livro Infantil e Juvenil.)

Ilustrar *Os Três Mosqueteiros* foi uma honra e também um desafio, afinal, trata-se de um monumento literário, uma história que já foi ilustrada ou adaptada para o cinema tantas vezes que eu não queria correr o risco de cair num realismo clássico, no rigor de um contexto histórico da França do início do século XVII, onde a trama se passa. Tentei, então, extrair uma mistura de realismo com um traço mais moderno (que Alexandre Dumas e Richelieu não me joguem uma praga por isso!). Fiz os desenhos a lápis e a finalização no computador. Você pode conhecer um pouco mais do meu trabalho em www.citronvache.com.br.